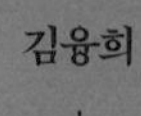

탐구하는 인문학자. 대학에서
고 서울예술대학 교수로 일했
것, 오래된 것, 아름다운 것 들이 숨기고 있는 비밀을 알고 싶어 공부하고 강의하며 살고 있다. 지금은 연구공동체 '신화와 상징의 숲'에서 공부한 것을 나누고 있다. 지은 책으로는《삶의 길목에서 만난 신화》,《빨강》,《검은 천사, 하얀 악마》,《예술, 세계와의 주술적 소통》, 여럿이 함께 지은《선배수업》,《발트해》,《눈, 새로운 발견》등이 있다.

동화가 들려주는 내 마음의 비밀언어

동화가 들려주는 내 마음의 비밀언어

마법의 시간이 필요한 당신에게

초판 1쇄 인쇄 2020년 4월 20일
초판 1쇄 발행 2020년 4월 25일

지은이 김융희
펴낸이 이영선
책임편집 강영선

편집 강영선 김선정 김문정 김종훈 이민재 김영아 김연수 이현정 차소영
디자인 김회량
독자본부 김일신 김진규 정혜영 박정래 손미경 김동욱

펴낸곳 서해문집 | 출판등록 1989년 3월 16일(제406-2005-000047호)
주소 경기도 파주시 광인사길 217(파주출판도시)
전화 (031)955-7470 | 팩스 (031)955-7469
홈페이지 www.booksea.co.kr | 이메일 shmj21@hanmail.net

ISBN 978-89-7483-021-2 03800

이 도서의 국립중앙도서관 출판예정도서목록(CIP)은 서지정보유통지원시스템 홈페이지(http://seoji.nl.go.kr)와 국가자료공동목록시스템(http://www.nl.go.kr/kolisnet)에서 이용하실 수 있습니다.(CIP제어번호: CIP2020013322)

동화가 들려주는 내 마음의 비밀 언어

마법의 시간이
필요한
당신에게

김융희 지음

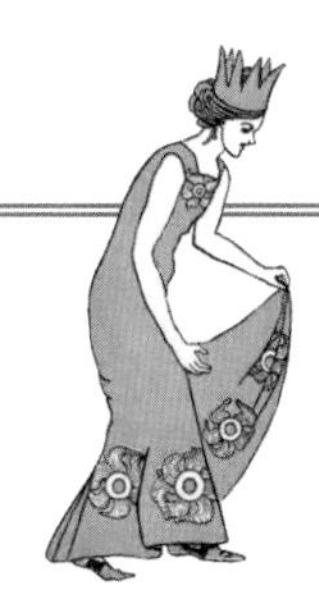

서해문집

Prologue

이 책은 어른을 위한 책이다. 이제는 요정이나 마법을 믿지 않지만 가끔은 나뭇가지를 흔드는 바람 소리에 파도소리를 듣기도 하고, 때로는 그 속에서 뼈들이 달그락거리는 소리를 듣기도 하는 이들에게 건네는 이야기다. 또 꽃이 피기 전에 마음이 먼저 설레며, 빗물에 섞인 바다 냄새에 어디론가 떠나고 싶어진 적이 있는 이들에게, 무엇보다도 저녁이 올 때쯤이면 까닭 없이 가슴이 아픈 이들에게 건네는 이야기다.
어린이를 위한 이야기로 알려진 '동화' 중에는 아이뿐 아니라 어른을 위한 비밀이 숨겨져 있는 이야기가 있다. 이런 이야기는 누가 지었는지 언제 생겨났는지 알 수 없는 채로, 오랫동안 할머니에서 어머니에게로 다시 어머니에게서 딸에게로

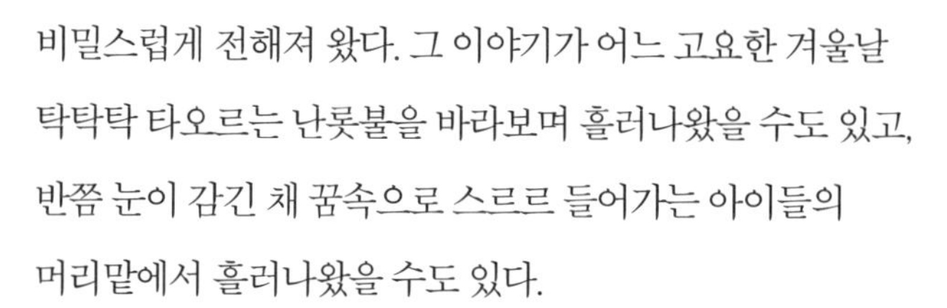

비밀스럽게 전해져 왔다. 그 이야기가 어느 고요한 겨울날 탁탁탁 타오르는 난롯불을 바라보며 흘러나왔을 수도 있고, 반쯤 눈이 감긴 채 꿈속으로 스르르 들어가는 아이들의 머리맡에서 흘러나왔을 수도 있다.

어느 날 고아가 되어 어머니 무덤 앞에서 날마다 울던 잿투성이 아가씨 이야기도, 빨간 신발에 홀려 춤추며 숲을 떠돌아다니던 소녀 이야기도, 탑 속에 갇힌 채 높은 곳에서만 세상을 내려다보던 라푼첼 이야기도 모두 그런 비밀을 담고 있다.

이야기가 숨기고 있는 본뜻이 워낙 여러 겹 상징의 옷을 걸치고 있는 바람에 많은 이들이 그 뜻을 미처 알아차리지 못하고 지나친다. 하지만 이야기가 뿜어내는 미묘한 향기로 인해 마법 같은 일이 일어나기도 한다. 어느 날 그녀는 긴 머리카락을 자르고 조용히 집을 나서 먼 길을 떠날 수도 있고, 자기 발에 꼭 맞는 신발을 찾으러 숲으로 가게 될지도 모른다. 어쩌면 먼 길을 헤매다가 아궁이가 있는 집으로 다시 돌아와 잔칫상을 차리게 될지도 모르겠다.

이야기가 마법처럼 우리를 흔들면 늘 보던 풍경이 낯설어지고 잊고 있던 꿈이 다시 떠오르기도 한다. 오랫동안 묻어둔 기억이 되살아나고, 그 속에서 보물 같은 열쇠를 발견할 수도 있다.
그 열쇠는 어린 시절 묻혀 지나가던 어머니의 냄새일 수도 있고, 아버지의 발소리일 수도 있다. 단짝 친구의 옆얼굴일 수도 있고, 그냥 지나가던 길에 들려온 누군가의 헛소리일 수도 있다. 그냥 지나친 줄 알았던 어떤 표정, 어떤 눈빛, 어떤 목소리가 늘 그래왔던 것처럼 자리 잡고 앉아 내 인생의 노래를 슬프게도 만들고 먹먹하게도 만들고 내 발을 잡아당겨 앞으로 나가지 못하게 붙드는 것도 알게 된다.
곰곰 생각해보면 나를 붙드는 소리 없는 기억의 단편이 바로 내 얼굴과 내 목소리를 만들고 있다는 것도 알게 된다. 당신의 얼굴이 내 얼굴이고, 당신의 표정이 내 표정이기도 하다. 탑 속에 갇힌 소녀도 사랑 때문에 목소리를 잃어버린 소녀도 당신의 한 모습이고, 나의 한 부분이기도 하다.
동화가 감추고 있는 비밀 같은 메시지가 드러나는 것은 바로 이때다. 당신의 기억 속에서 동화의 주인공을 찾아내고, 그들이 겪는 고난과 시련이 당신의 인생과 겹쳐지기 시작할 때다.
그러니 당신도 그들처럼 예상치 않던 답을 찾고 모르는 이의 도움을 받으며 빛나는 존재로 변신하게 될 것이다.

책을 쓰기 시작하면서 상징의 비밀을 풀기 위해 가장 많이 힐끔거렸던 것은 원형심리학적 관점이다. 카를 구스타브 융Carl Gustav Jung이 제안한 집단무의식의 원형이라는 개념은 신화나 동화처럼 상징적인 이야기의 속내를 들여다보는 데 탁월한 도구다. 융의 소울메이트인 마리 루이제 폰 프란츠Marie-Louise von Franz가 시도한 동화 해석은 혼자 힘으로는 알기 힘든, 빛나는 통찰을 가져다주었다. 그러나 한편으로는 공식에 너무 잘 들어맞는 해답이 늘 그 사이에 담긴 의미를 놓치듯이, 이야기에 대한 심리학적 해석은 이야기가 가진 생명력을 고갈시킬 수 있겠다는 생각도 들었다.

원형심리학적 개념은 언제나 안개 속에 감춰진 수수께끼 같은 이야기를 이해하는 데 좋은 도구인 것 같다. 하지만 도구는 그저 도구일 뿐, 도구로 퍼 담을 수 없는 차원도 있다. 때로는 직관과 상상력이 이론이라는 도구보다 더 든든한 힘이 될 때도 있다.

직관과 상상력은 영혼의 힘이어서 이론의 층위보다 더 깊은 곳에서 올라온다. 가끔 어떤 영감이 우리를 사로잡으면, 지금 알고 있는 것을 이미 오래전부터 알았던 것처럼 느껴진다. 그 순간 이 오래된 이야기가 다름 아닌 내 이야기이자 당신의 이야기인 듯하고, 더 깊은 곳에서 출렁대는 우주적 마음에서 흘러나온 것처럼 느껴지기도 한다.

이 책에서는 비교적 널리 알려져 있는 몇몇 동화를 다루려 한다. 어린 시절 한번쯤 읽어봤을 것 같은 친숙한 이야기들이다. 어른이 되어 이런 저런 공부를 하고 나서 다시 읽어보니, 예전에는 잘 알아채지 못한 비밀이 숨겨져 있음을 알게 됐다. 상징이란 뭔가를 늘 감추면서 드러낸다. 어린이를 위한 이야기라는 외피 속에 눈 밝은 어른에게만 보이는 심지가 들어 있다. 상징의 심지가 명확하게 드러나려면 인생의 불꽃이 다 타올라야 하겠지만, 불이 아직 꺼지기 전에 그 뜻을 살짝이라도 엿볼 수 있으면 좋겠다.

오래된 동화를 다시 읽는 동안 당신 안에 숨은 영원한 어린아이가 다시 눈을 뜨게 되기를 바라면서, 이야기를 시작한다.

"조심하라! 곧 이야기가 시작된다!
그리고 이 이야기를 읽고 나면
우리는 지금보다 더 많은 것을 알게 될 것이다."

_ 안데르센, 〈눈의 여왕〉 중에서

차례

잃어버린 것을

찾아서

세 개의 깃털

사는 게 영 재미없을 때, 인생에 뭔가가 빠진 것 같을 때, 뭔가가 허전하고 때로는 우울해지기도 하며, 어떤 때는 우울하다 못해 기운이 빠질 때 당신은 어떻게 하시는가. 이것저것 해보고 이리저리 머리 굴려 봐도 딱히 제대로 된 까닭을 찾을 수 없다면, 정말로 삶에서 잃어버린 뭔가를 찾아야 할 때가 온 것이다. 이런 증상은 전형적으로 영혼이 보내는 불만 신호이니 말이다.

그때 당신의 무의식은 이렇게 말하고 있다. '당신은 뭔가 중요한 것을 놓치고 있어.' '삶에서 꼭 필요한 것을 무시하고

있어.' '삶이 당신에게 준 그 무언가를 찾아야 해!' 당신 안에서 이런 신호가 올라온다면 당신은 이제 삶에서 잃어버린 보물을 찾아나서야 한다.

〈세 개의 깃털〉은 왕이 세 아들에게 왕국이 잃어버린 것을 찾아오라고 과제를 내는 이야기다. 이 왕국에 결핍된 것은 무엇일까? 당신이 잃어버린 것은 무엇일까? 어떻게 하면 그것을 되찾을 수 있을까? 보물을 찾으려면 어디로 가야 할까?

세 개의 깃털

왕에게는 아들이 셋 있었다. 첫째와 둘째 아들은 영리했지만 막내아들은 그렇지 못했다. 사람들은 어리숙한 막내를 '바보'라 불렀다. 왕이 나이가 들어 쇠약해지자 세 아들을 불러 이렇게 말했다. "세상에서 가장 아름다운 양탄자를 가져오는 사람에게 왕위를 물려주겠다." 그러고는 아들들을 성 앞으로 데리고 나가 깃털 셋을 날리며, 깃털이 날아간 방향으로 가서 보물을 찾아오라고 했다. 하나는 동쪽으로, 하나는 서쪽으로 날아갔다. 나머지 하나는 그 자리에 떨어졌다. 영리한 첫째와 둘째는 각각 동쪽과 서쪽으로 가기로 했고, 남은 막내는 아무데도 가지 못한 채 그 자리에 털썩 주저앉았다.

슬프게 쭈그리고 앉아 떨어진 깃털을 바라보던 막내는 깃털 옆에 작은 문이 있는 걸 알아차렸다. 문을 여니 계단이 보였고, 계단을 내려가니 또 다른 문이 나왔다. 문을 두드리자 안쪽에서 소리가 들렸다. "새파랗게 젊은 아가씨야, 쭈그렁 다리야, 쭈그렁

다리 강아지야, 이리 뛰고 저리 뛰어 밖에 누가 왔는지 냉큼 보고 오렴." 곧이어 문이 열렸다. 막내가 안으로 들어가자, 커다랗고 뚱뚱한 두꺼비 한 마리가 작은 두꺼비 여럿 사이에 앉아 있는 것이 보였다. 뚱뚱한 두꺼비가 막내에게 묻는다. "여기 왜 왔지?"

"세상에서 가장 아름다운 양탄자를 찾으러 왔어요."

커다랗고 뚱뚱한 두꺼비는 작은 두꺼비 하나를 불러 이렇게 말했다. "새파랗게 젊은 아가씨야. 쭈그렁 다리야. 쭈그렁 다리 강아지야, 이리 뛰고 저리 뛰어 커다란 상자를 가져오렴."

작은 두꺼비가 가져온 상자 안에는 아름답고 고운 양탄자가 들어있었다. 막내는 이 양탄자를 얻어 가지고 돌아왔다.

형들은 막내를 어리석게만 여겼기 때문에 힘들게 양탄자를 찾아다닐 필요가 없다고 생각했다. 그래서 가다가 만난 양치기의 아내가 두르고 있던 숄을 벗겨서 가져갔다. 왕은 막내가 가져온 양탄자를 보자 왕국을 막내에게 물려주기로 했다.

두 형의 반대가 만만치 않았다. 형들은 멍청이가 왕이 될 수는 없는 일이라고 아버지를 설득했다. 아버지는 반대에 못 이겨 새로운 조건을 내걸었다. "가장 아름다운 반지를 가져오는 사람에게 왕국을 물려줄 것이다." 이번에도 깃털 셋을 날렸다.

형들은 전처럼 동쪽과 서쪽으로 길을 잡았고, 막내는 바닥에 떨어진 깃털을 따라갔다.

막내는 깃털이 떨어진 땅속으로 난 문을 열고 들어가 다시 두꺼비를 만났다. 이번에도 가장 아름다운 반지가 필요하다고 두꺼비에게 말했다. 두꺼비는 막내에게 전처럼 커다란 상자를 가져오게 했다. 그 안에는 땅 위의 어떤 세공사도 만들 수 없을 정도로 아름다운 반지가 들어있었다. 막내는 이 반지를 들고 땅 위로 올라왔지만, 두 형은 그 사이 아무런 노력도 하지 않았다. 그들은 낡은 마차 고리를 빼왔을 뿐이었다. 당연히 왕은 막내에게 왕위를 물려주려 했으나, 이번에도 두 형은 강력히 반발했다.

왕은 다시 조건을 내걸었다. "세상에서 가장 아름다운 여인을 데려오너라." 왕은 이번에도 깃털 셋을 공중에 날렸고, 결과는 지난번과 똑같았다. 막내는 땅속으로 내려가 두꺼비에게 아름다운 여인을 데려가야 한다고 말했다. "가장 아름다운 여인이라고? 당장은 없지만 어쨌든 데려갈 수는 있을 거야." 뚱뚱한 두꺼비는 속을 파낸 당근에 생쥐 여섯 마리를 묶어 막내에게 주었다.

낙담한 막내는 되물었다. "이걸로 뭘 하라고요?" "작은 두꺼비

하나를 그 속에 들어앉혀 봐." 막내는 자신을 둘러싼 여러 작은 두꺼비 가운데 한 마리를 잡아 당근 속에 앉혔다. 그러자 작은 두꺼비는 너무나도 아름다운 아가씨로 변했다. 생쥐는 말이 되고, 당근은 마차가 되었다. 막내는 아가씨에게 입 맞추고 말들을 몰아 땅 위로 돌아왔다. 왕은 당연히 막내가 왕국의 주인이 될 거라고 말했다. 형들은 아무도 찾아보지 않은 채 가다가 처음 만난 시골여자들을 데려왔기 때문이다. 그러나 이번에도 역시 형들은 인정할 수 없다며 아우성쳤다.

두 형은 홀 한 가운데 있는 고리를 무사히 통과할 수 있는 여인을 데려온 사람에게 왕위를 물려주어야 한다고 주장했다.

"시골처녀는 튼튼하니까 충분히 해낼 수 있지만, 저 약해빠진 여자는 뛰어넘다가 죽어버릴 거야!" 형들의 생각은 이랬다.

두 시골처녀는 고리를 무사히 통과하기는 했다. 그러나 너무 둔탁하게 땅으로 떨어지는 바람에 팔다리가 부러지고 말았다.

막내가 데려온 아가씨는 사뿐히 고리를 통과했고, 형들은 막내를 인정할 수밖에 없었다. 그리하여 멍청이로 불리던 왕자는 왕관을 물려받아 슬기롭게 나라를 다스렸다.[1]

양탄자 먼저 구하기

● 이야기에 등장하는 왕궁은 남자만 넷인 곳이다. 여기에는 왕비도 공주도 등장하지 않는다. 그러므로 이곳은 여성이 실종된 공간이라고 할 수 있다. 왕은 이 왕국에 여성이 필요하다는 것을 알고 있다. 왕국의 결핍을 채워줄 수 있는 지혜를 지닌 아들에게 왕위를 물려주고 싶었던 까닭이다. 그런데 왕은 공주를 데려오라고 한 것이 아니라 세상에서 가장 아름다운 양탄자를 구해오라고 한다. 어찌된 일일까? 양탄자는 바닥에 깔고 앉는 자리다. 요즘에는 장식용으로도 바닥에 깔지만 처음부터 그랬던 것은 아니다. 양탄자를 처음 만들어낸 유목민에게는 일종의 집과 같다. 양탄자를 펼친

곳은 다른 장소와 구분된다. 때로는 집이 되기도 하고 사원이 되기도 했다. 그래서 하루에 다섯 번씩 기도하는 이슬람교도는 어디서든 기도할 수 있도록 양탄자를 가지고 다녔다고 한다. 그곳이 어디건 양탄자만 깔면 신성한 장소가 되기 때문이다. 정착민은 오랫동안 한곳에서 살면서 땅과의 유대를 이어가지만, 양을 키우면서 초원을 떠돌아다니는 유목민에게 땅은 사람의 소유가 아니다. 하지만 땅에 양탄자를 깔고 앉는 순간 그곳은 땅과 연결된 장소가 된다. 그럴 뿐 아니라 다른 어떤 곳보다도 다정한 장소가 된다. 그러므로 양탄자는 일종의 집을 상징한다(요술램프를 문질러 마법의 요정을 불러낸 알라딘이 타고 다닌 것은 새가 아닌 양탄자임을 기억할 것이다. 양탄자를 타고 움직이는 주인공은 온 세상을 집으로 여긴다).

예전에 양탄자 짜기는 여성의 일이었다. 양털을 벗겨 털을 모으고, 모은 털로 실을 잣고 천을 만드는 일을 오랫동안 여성이 도맡았다. 운명의 실을 잣고 물레를 돌리던 여신의 이미지 역시 여기서 탄생했다. 그러므로 왕은 아름다운 양탄자를 찾아올 수 있는 사람이라면 분명 그런 여성이 있는 곳도 알아낼 수 있을 거라고 생각했을 것이다.

양탄자를 짜는 일은 실용적인 목적만 지니고 있는 것은

알라딘이 타고 다닌 것은 새가 아닌 양탄자다. 양탄자를 타고 움직이는 주인공은 온 세상을 집으로 여긴다.
Victor Mikhailovich Vasnetsov, Flying Carpet, 1880

아니었다. 양탄자 위에 그려진 여러 색깔 문양과 그림은 그들이 꿈꾸는 세계의 이미지를 담고 있다. 양탄자에는 유목민의 집인 초원과 사막과 하늘을 상징하는 그림이 담겨 있다. 말하자면 양탄자는 일종의 만다라인 셈이다. 만다라는 실제로 세계의 이미지라는 뜻을 가지고 있다. 왕은 아들에게 세상에서 가장 아름다운 양탄자가 필요하다고 말한다. 그러므로 왕이 아들에게 주문한 양탄자는 세상을 아름답게 그릴 수 있는지를 알아보는 시험과도 같다.

세상이 그려진 곳은 양탄자만이 아니다. 우리 주변에 펼쳐진 세상은 우리 자신의 내면세계를 반영한다. 주위를 한번 돌아보라. 내 집은 어떤 모습인가? 내 집을 채우고 있는 모든 것은 내 모습을 반영한다. 어질러져 있는가, 잘 정돈되어 있는가? 따뜻한가, 차가운가? 나는 어떤 색과 어떤 분위기로 이 공간을 만들고 있는가? 내 세계는 집을 넘어 더욱 확장될 수 있다. 내가 살고 있는 동네, 내가 살고 있는 나라, 더 나아가 내가 살고 있는 이 지구라는 곳, 이 모든 곳이 나의 세계다. 그리고 내 앞에 보이는 이 모든 풍경은 나의 다른 모습이기도 하다. 당신은 세상을 어떻게 그리고 있는가? 당신의 양탄자는 어떤 무늬와 어떤 색으로 채워져 있는가?

세상에서 가장 아름다운 양탄자를 찾을 수 있는 사람이라면 세상을 아름답게 만들 줄 아는 사람일 것이다. 왕이 아들에게 원한 것은 그랬다. 왕이 연거푸 세 번이나 아들에게 요구한 것은 아름다움이다. 양탄자가 되었든 반지가 되었든 여자가 되었든 말이다. 남자만 넷인 이 왕국에 여성만이 아니라 아름다움도 결핍되었기 때문이다. 그리고 그 아름다움을 세상에 가져다 줄 이들이 왕국에서 종적을 감췄기 때문이다. 왕은 아름다움이 어디로 사라졌는지 알 수 없었다. 그래서 왕은 운에 맡기기로 한다.

깃털이 알려주는 곳

깃털을 날려 방향을 잡는다는 것은 예전에 우리 조상이 손바닥에 침을 튀겨 길을 잡는 것과 비슷하다. 깃털은 아주 가벼워서 지나가는 미세한 바람에도 방향을 바꾼다. 보이지 않는 바람 속에 어떤 힘이 깃들어 있을지 알 수 없다. 깃털에 뜻을 맡기는 것은 보이지 않는 마음을 길잡이 삼는 것이다. 천사의 안내는 우연을 가장해 찾아온다.
깃털 두 장은 서로 반대 방향으로 날아갔다. 두 형은 각각 왼쪽과 오른쪽으로 가기로 했다. 막내는 어느 쪽으로도 가지 못했다. 막내는 자신의 깃털이 아무 곳으로도 가지 않고 곧바로 바닥으로 떨어져 우울했을 것이다. 하지만 그 깃털이 그를 보이지 않는 보물의 중심으로 이끌었다. 살면서 이럴 때가 있지 않은가. 모두 보물을 찾아 떠났는데, 나는 아무 곳으로도 가지 못하고 지금 이 상황에 묶여 있어야만 할 때. 그때 나는 '멍청이'라 불리는 막내가 된 것만 같다. 모두 앞을 향해 달리는데 내 발은 어딘가에 묶인 것처럼 속력을 낼 수 없고, 그러다 보면 나만 뒤처진 느낌이 들기도 한다. 세상은 모두 어디론가 나아가라고 부르짖는데 아무 곳으로도 나아갈 수 없는 나는 답답하고 우울하기만 하다. 상황이 나를 붙들 때도 있고, 내 마음 안에 알 수 없는 무엇인가가 나를 붙들고 있을 때도 있다. 그럴 때면 영락없이 어딘가 덜떨어진 바보가 된 느낌이다.

옛날이야기 속 주인공은 영리한 순서대로 행복을 찾지 않는다. 오히려 거꾸로다. 어딘가 모자라고 어딘가 굼뜨며 어딘지 작고 초라하게 보이는 이가 왕국의 주인이 되고 행복하게 살아간다. 영리하다 못해 영악해야 잘살 것만 같은 현실과는 정반대다. 그야말로 어리석은 이야기로 보일 수도 있다. 아니면 이야기를 들려주는 사람이 어딘가 모자라 보이는 사람에게 용기 내라고 일부러 지어낸 것이 아닐까, 라는 생각이 들 수도 있다. 그러나 '멍청이'라 불리던 막내 왕자는 정말 멍청한 어떤 사람을 말하는 것이 아니다. 우리 모두는 영리한 첫째, 둘째이며 동시에 어리숙한 막내이기도 하다. 우리는 때로 영리한 왕자처럼 생각하고 행동하지만, 모두의 내면에는 어리숙한 막내의 마음 역시 자리 잡고 있으니 말이다.

동화가 전하고 있는 세계의 주인공은 영리한 자가 아니라, 마음이 순수한 자다. 우리 마음과 영혼에 대한 이야기이기 때문이다. 뇌과학자인 이언 맥길크리스트Iain Mcgilchrist는 좌뇌를 영리한 심부름꾼에 비유했다.[2] 영리한 좌뇌는 외부 세계로부터 주어진 정보를 습득하고 그 정보를 합리적으로 연산하는 역할을 한다. 그런데 좌뇌는 외부 명령에 조율되어 있기 때문에 스스로 생각하지는 못한다. 말하자면 자발성이나 창의력은 없다는 얘기다. 그러나 주어진 정보를 분류하고 계산하는 능력은 탁월하기 때문에 아주 효율적으로 작동한다. 말하자면 자동차에 탑재된 내비게이션 같은 역할이다.

우리는 학교를 비롯해 수많은 제도적 교육 시스템 덕에 좌뇌의 능력을 아주 잘 개발시켜 놓았다. 그 덕분에 우리는 무엇이 내게 이득이 되는지를 재빠르게 계산해 판단하고 선택할 줄 안다. 이 능력이 발달되면 시험에서 좋은 점수를 받을 수도 있고, 그야말로 스펙 좋은 사람이 될 수도 있다. 그리고 그런 사람을 우리는 영리하다고 한다. 어쩌면 그는 승승장구하는 성공적인 삶을 살게 될지도 모른다.

그런데 무엇이 문제인가? 왜 이야기는 영리한 두 왕자를 실패자로 만드는가? 왕이 던진 깃털 때문이다. 깃털이 날아가는 방향으로 길을 잡으라는데 내비게이션이 무슨 소용이란 말인가. 영리한 마음은 깃털의 방향을 볼 수는 있어도, 깃털의 뜻은 읽을 수 없다. 깃털의 뜻을 아는 마음은 영리한 마음과는 다른 차원이기 때문이다.

왕이 깃털을 던진 것은 여러 가지로 심사숙고해보았지만 사라진 것을 어디서 찾아와야 하는지를 알아낼 수 없었기 때문이다. 무엇인가 중요한 것이 사라졌는데 그것이 어디 있는지 아무리 찾아도 알 수 없다면 어떻게 하겠는가? 그때 우리가 궁여지책으로 선택하는 방법이 동전을 던지거나 하는 우연에 맡기는 방법이다. 무책임하다고 생각하는지? 살다보면 앞뒤로 꽉 막혀 어디에도 출구가 보이지 않는 상황이 있다. 그때 우리가 할 수 있는 일은 제자리에 앉기다. 그동안 밖으로만 향하던 마음을 잠시 거두고 생각과 마음을 안으로 되돌려보는 시간을 갖는 거다.

서로 다른 방향으로 날아간 세 깃털 중 어떤 깃털을 선택할지는

영리한 마음은 깃털의 방향은 볼 수
있어도 깃털의 뜻은 읽을 수 없다.
깃털의 뜻을 아는 마음은 그와는 다른
차원이기 때문이다.

Ivan Bilibin, Firebird Feather, 1899

깃털을 바라보는 사람의 마음에 달려 있다. 같은 장면을 보더라도 보는 사람이 누구인지에 따라 달라진다. 우리는 어떤 식으로든 마음 안에 있는 것에 초점을 맞추기 마련이다. 영리한 첫째와 둘째는 왼쪽, 오른쪽으로 날아가는 깃털이 눈에 들어왔다. 막내 눈에는 바닥으로 떨어지는 깃털이 눈에 들어온 것이다. 깃털의 안내는 나도 잘 알지 못하는 내 마음의 안내다. 동전을 던지는 것처럼 우연히 일어나는 일이 우연을 가장한 무의식의 메시지를 보여주는 것처럼 말이다.

그러고 보면 양탄자를 찾아오라는 왕의 주문 속에는 제자리에 가만히 앉아 곰곰이 생각해보라는 메시지도 들어있다고 볼 수 있다. 마음이 분주한 사람이 어떻게 깃털의 섬세한 움직임을 읽을 수 있을까. 아름다운 양탄자를 찾아오라는 왕의 주문은 땅바닥에 앉으라는 주문과 다르지 않다. 당연히 땅바닥으로 떨어지는 깃털에 눈을 맞춘 이가 수수께끼를 풀 수 있을 것이다. 깃털은 땅속으로 내려가는 문으로 주인공을 인도한다.

땅속으로 내려가는 문

막내는 깃털이 떨어진 곳에 문이 있는 것을 발견한다. 언제부터 여기 문이 있었을까. 잃어버린 물건을 찾아 사방을 헤매고 다닐 때, 아무리 해도 찾지 못한 물건이 원래 있던 자리에서 발견되기도 한다. 지갑을 손에 쥐고 지갑을 찾아 헤매는 것처럼, 열쇠를 손에 쥐고 열쇠를 찾아다닌다. 왕은 양탄자를 구해 오라고 했고, 양탄자는 바닥에 깔고 앉는 물건이니 양탄자를 찾으려면 가장 먼저 바닥을 봐야 하는 것이 당연하다. 하지만 우리는 뭔가를 찾아오라는 말을 들으면 그게 가까이 있을 거라고는 생각하지 않는다. 막내는 제자리에서 열쇠를 찾았다. 마치 그가 문을 열어주기를 기다리기나 한 것처럼 깃털이 내려앉은 자리에 거짓말처럼 문이 나타났다. 막내가 땅속으로 문을 열고 들어가자 또 다른 문이 나타났다. 땅속으로 내려가는 문은 동화의 단골 메뉴다. 알라딘이 마술램프를 찾은 곳도 땅속 동굴이다. 땅속은 매장의 장소, 다시 말해 무덤과도 같다. 땅속에는 죽은 자들이 잠자고 있다. 하계, 그러니까 발밑의 세계는 위쪽 세계와는 다른 차원의 공간이다. 그곳에는 죽은 자들이 묻혀 있을 뿐 아니라 죽은 자들과 함께 매장된 보물도 감춰져 있다. 그래서 보물을 찾으려는 사람들은 땅을 판다. 메소포타미아 신화에 등장하는 하늘의 여신 이슈타르Ishtar 역시 하계로 내려갔다. 그리고 거기서 누구도 빼앗을 수 없는 지혜라는 보물을 얻어온다. 알라딘은 땅속에서 마법을 일으키는 램프를 가져온다. 알라딘의 램프는 문지르기만 하면 소원을 들어준다. 당신도 램프를 반짝반짝 닦으면 소원이 이루어질 것이다. 램프에서 퍼져 나오는 따뜻한 불빛이 당신의 마음을 환히 비춰 소원을 이룰 수 있는 방법을 알려줄 것이다.

우리의 주인공이 찾으려는 것은 양탄자다. 바닥을 따뜻하고 포근하며 아늑하게 만들어줄 물건이 필요하다. 땅속에 문을 열고 끌리듯 내려간 막내는 또 다른 문 저쪽에서 노랫소리를 듣는다. "새파랗게 젊은 아가씨야, 쭈그렁 다리야, 쭈그렁 다리 강아지야, 이리 뛰고 저리 뛰어 밖에 누가 왔는지 냉큼 보고 오렴." 노랫소리를 들은 막내는 무슨 생각을 했을까. '음, 젊은 아가씨가 문을 열고 나오겠군.' '아니야, 작은 강아지가 나올지도 몰라.'

그러나 문이 열리고 나온 것은 아가씨도 강아지도 아닌 못생긴 두꺼비였다. 게다가 안쪽에는 더 많은 두꺼비들이 와글거리고 있었다. 상상이 가는가. 보물을 찾아 내려간 땅속 밑에 두꺼비들이 우글거리고 있는 상황이. 이 이야기가 영화 〈인디아나 존스〉에서라면 아마 주인공은 두꺼비를 피해 펄쩍펄쩍 뛰어다녔거나 아니면 들고 있는 권총으로 두꺼비를 인정사정없이 쏘아버렸을 것이다.

우리의 주인공은 예의 바르게 두꺼비에게 이렇게 말한다.

"세상에서 가장 아름다운 양탄자를 찾으러 왔습니다."

아름다운 양탄자를 찾으러 왔으니 아름답게 행동해야 하는 게 당연하다. 그리고 그는 원하던 양탄자를 얻는다.

세상에서 가장 아름다운 양탄자를 왜 땅속에 있는 두꺼비가 보관하고 있을까. 사람의 말로 노래까지 부르는 걸 보면 보통 두꺼비가 아닌 것 같다. 막내에게 양탄자를 건네준 두꺼비는

개구리와 두꺼비를 만나거든 두 팔
벌려 환영하라. 당신이 잃어버린
삶의 생기를 되찾아 줄 것이다.
Jessie Mabel Pritchard Dearmer, Frog
King, 1897

커다랗고 뚱뚱한 두꺼비다. 다른 작은 두꺼비들이 이 커다란 두꺼비를 에워싸고 있었다고 하니 아마도 두꺼비 왕국의 여왕쯤 되는 것 같다.

이야기의 원형을 생각해보면 땅 아래와 땅 위는 대칭적인 구도로 나타난다. 나무가 위쪽에서 사방으로 가지를 뻗을 때 땅속뿌리도 똑같이 뻗어 자라는 것처럼, 보이지 않는 세계는 보이는 세계와 대칭적 구조로 되어 있다. 땅 위에 있는 왕국에 왕과 세 아들이 있고, 여왕이나 딸은 보이지 않으니 땅속에 이들이 있다는 건 틀림없다. 그런데 막내가 땅속에서 만난 것은 여왕도 공주도 아닌 두꺼비다. 아마 이 두꺼비들은 마법에 걸려 땅속에 숨어 지내는 여왕과 딸일 것이다.

땅 위에서 여성이 사라졌다면 그럴 만한 이유가 있을 것이다. 사람들이 여성을 좋아하지 않았거나 여성적인 것을 드러내기를 꺼려했을 수도 있다. 그러니 이 왕국의 여성들은 모두 보이지 않는 세계 속으로 사라져 버렸다. 그곳이 땅속이다. 그런 의미에서 이 이야기는 100년 동안 공주가 잠이 들어버린 왕국과 다를 바가 없는 상황이다. 그런데 사라진 지가 너무 오래되었거나 치명적인 마법에 걸려 있어 사람이 아닌 상황이 되어버렸다.

두꺼비들이 문 앞에서 부르던 노래를 다시 들어보자. “새파랗게 젊은 아가씨야, 쭈그렁 다리야, 쭈그렁 다리 강아지야, 이리 뛰고 저리 뛰어 밖에 누가 왔는지 냉큼 보고 오렴.” 이들은 두꺼비가 되기 전에 틀림없이 새파랗게 젊은 아가씨였을 것이다. 그런데 오랫동안 다리를 펴고 걷지 못했던 듯하다. 그러니 다리가 쪼그라져 네 다리로 걷는 강아지처럼 되어버렸다. 그마저도 여의치 않자 아예 땅속으로 숨어 들어가 가만히 앉아 있다 보니 두꺼비가 된 것이다.

일이 이 지경이 될 때까지 땅 위에서는 아무도 이들을 찾아 아래로 내려와 주지 않았던 모양이다. 아마 막내는 처음 그 문을 두드렸을 것이다. 그러니 ‘이리 뛰고 저리 뛰어 밖에 누가 왔는지 냉큼 보고 오렴’이라며 주인공을 기쁘게 맞았을 터이다. 집을 지키는 네 발 달린 포유류를 거쳐 물속을 오가는 미끈거리는 양서류로 퇴행해버린 여성이 자신들을 땅 위로 되돌아가게 해줄 누군가의 방문을 애타게 그리고 있었던 것이다.

끈적끈적하고 미끌거리는

● 동화 속에는 두꺼비나 개구리가 자주 등장한다. 가장 널리 알려진 이야기는 〈개구리 왕자〉다. 황금 공을 가지고 놀던 공주는 실수로 연못에 공을 빠트린다. 황금 공을 되찾게 도와준 존재는 개구리였다. 여기 등장하는 황금 공은 공주님의 부유함을 과시하기 위한 물건이 아니라 황금처럼 태양처럼 빛나는 마음이다. 어린 시절 실수로 잃어버린 황금 공은 물속으로 들어가야 찾을 수 있다. 잃어버린 황금 공을 찾아 물속으로 들어간 이는 다름 아닌 개구리로 변한 왕자였다. 공주의 난관을 해결해준 존재가 개구리였다면, 왕자의 과제를 해결해준 것은 두꺼비다. 개구리와 두꺼비는 성별만 다를 뿐 두

이야기 속에서 비슷한 역할을 한다.

둘 다 물가에 사는 동물이다. 이들은 물과 땅을 오가면서 땅 위에 필요한 생명의 물기를 전해준다. 이들이 나타나면 곧이어 삶의 물기가 보태지고 가뭄이 해소된다. 이야기 속에서나 꿈속에서나 개구리나 두꺼비가 등장하면 곧 인생의 가뭄이 해소될 거라는 뜻이다. 그리고 긴 가뭄 끝에 머지않아 비가 내리면 삶은 다시 생기를 되찾을 것이다. 그러니 개구리나 두꺼비 또는 도마뱀을 만나거든 두 팔 벌려 환영하라. 당신의 삶에 행운이 찾아올 것이다.

어린 마음에 개구리의 축축함이 징그러울 수도 있을 것이다. 그러나 당신이 인생의 습기를 거부하고 말끔하고 단정한 외양만을 중시한다면 당신에게 사랑과 행운을 가져다줄 왕자님은 영원히 물속의 개구리로 살아야 할지도 모른다. 또한 양탄자를 찾아 나선 막내가 땅속에서 와글거리는 두꺼비들을 모두 죽여 버린다면 그는 그토록 원하던 안정감(양탄자)을 얻지 못할 것이다. 그럴 뿐 아니라 그의 왕국은 아무런 생명도 피어날 수 없는 척박한 땅이 되고 말 것이다.

뇌과학자들은 인간의 뇌가 세 부분으로 나뉘어 있다고 말한다. 이마 쪽에 자리한 전두엽과 뒷목과 연결된 소뇌, 그리고 그 둘 사이에 자리한 변연계다. 이 중에 맨 뒤쪽에 자리한 뇌를 파충류의 뇌라 부른다. 소뇌는 호흡이나 소화와 같이 무의식적으로 몸을 유지하는 부분을 관장한다. 이 부분을 파충류의 뇌라 부르는 것은 파충류와 별 차이가 없기도 하고, 파충류 시절부터 생겨난 오래된 부분이기 때문이다. 비록 별로 진화되지 못해 원시적이기도 하지만 실제로는 생명 유지의 가장 기초적이면서도 필수인 부분을 담당한다.

생각해보라. 파충류의 뇌가 파업하면 우리는 제때 숨을 쉴 수도 없고 날아오는 공을 피할 수도 없게 된다. 멀쩡하게 아무 탈 없이 살아가고 있는 동안에는 우리가 자신을 이성적이고 합리적으로 판단하는 스마트한 존재로 여긴다. 하지만 아무리 전두엽이 발달되어 있어도 소뇌가 말을 듣지 않으면 우리는 침을 질질 흘리고 아무 데서나 실례하는 강장동물 신세가 될 수도 있다. 적어도 파충류의 뇌가 제대로 팔딱거리며 제 기능을 수행하고 있어야 위험에 민첩하게 반응하고 몸의 균형을 유지하며 살아갈 수 있다.

그러니 우리 안에 있는 개구리나 두꺼비의 자리를 너무 미워하거나 끔찍해하지는 말자. 그들 역시 우리의 먼 친족이니 말이다. 하지만 사람답게 산다는 것은 개구리나 두꺼비처럼 사는 것은 아닐 것이다. 심층심리학에서는 우리가 의식에서 밀어낸 것들은 사라지는 것이 아니라 잠시 의식의 경계 너머로 가라앉았다가 자신도 모르는 사이에 말이나 행동, 또는 어떤 증상으로 나타난다고 한다. 예컨대 여성인 당신이 당신 안에 있는 개구리 왕자 같은 모습을 자각하지 못한다면 실제로는 자기도 모르는 사이에 개구리 왕자처럼 질척대며 징징거리며 무례하게 조르는 행동을 하게 된다.

땅속으로 사라진 두꺼비로 변한 여성성을 자각하지 못한 남성은 자신의 여성성을 두꺼비처럼 표현할 수밖에 없다는 얘기다. 더 풀어 말하면 남성인 당신의 여성성, 그러니까 느낌이나 기분, 감정 등이 올라올 때 당신은 사람의 언어로 차분히 말하지 못하고 두꺼비처럼 펄쩍펄쩍 뛰거나 괴상한 소리를 질러 사람을 깜짝 놀라게 할 수도 있다. 그러니 당신 안에 개구리나 두꺼비 같은 모습이 있는지 한번 살펴보자. 당신의 지성이 개구리로 퇴행하고, 당신의 감성이 두꺼비로 퇴행했다면 그들을 다시 소환해 인간으로 변신시켜야 한다. 그들은 분명 마법에 걸린 공주나 왕자일 테니 말이다.

여성이 모두 땅속으로 숨어들어가 두꺼비가 된 왕국은 어떤 상황일까. 땅 위 세계는 모든 물기가 말라버려 물이 필요한

내면의 개구리 왕자를 자각하지 못한다면
개구리처럼 질척대며 징징거리며
무례하게 조르는 행동을 하기 쉽다.
Philipp Grot Johann, Frog King, 1892

생명은 땅속으로 들어가 버렸다. 왕국은 건조하고 메말라 생명이 살 수 없는 땅이 되어 버렸다. 그러므로 그 땅은 곧 황폐해질 것이다. 그들은 왕국을 지배하기 위해 법령을 공포하고 국경을 지키기 위해 무기를 드는 법은 잘 알겠지만, 사랑을 나누는 법은 몰라 사랑 역시 쟁취하거나 선포하는 것으로 여길 것이다. 양탄자를 찾으러 떠난 형들이 지나가던 여인의 숄을 무례하게 빼앗아 오는 것처럼 말이다.

이런 왕궁에서 사는 사람들의 내면 역시 마찬가지다. 그들은 뭔가를 지배하고 갈취하는 방법은 알지만 사랑을 나누는 법은 모른다. 세상을 욕망의 대상으로 바라보고 편의의 대상으로 사용하는 데 익숙할 테니 아름다움이 무엇인지에 대해서도 역시 무지할 것이다. 이런 세상에서 부드러운 마음을 지닌 막내는 '멍청이'라 불리며 놀림감이 되기도 한다.

막내는 오랫동안 거들떠보지도 않던 땅속을 향하는 문을 열었을 뿐 아니라 누군가 살고 있을 것 같지도 않은 문 앞에서 문을 두드렸고, 예의를 갖춰 원하는 것을 말했으며, 선물을 받자 고맙다는 인사를 빼놓지 않았다. 그는 땅속으로 숨어 들어간 이상한 두꺼비들에게도 섬세하고 친절한 사람이었다. 그러므로 두꺼비들은 세상에서 가장 아름다운 양탄자를 그에게 내준 것이다. 당신 안에 두꺼비들을 섬세하고 친절하게 대하라. 그러면 당신은 마법의 양탄자를 얻게 된다. 당신이 앉은 자리를 집으로 만들어줄 부드러운 힘을 갖게 될 것이다. 막내는 왕이 구해오라는 양탄자를 가져오고 인정을 받았지만 그것으로 이야기가 끝나지 않는다. 왕국에 정작 필요한 것은 아름다운 여성이다. 그렇다면 왕은 왜 곧바로 여자를 데려오라고 하지 않고, 양탄자를 구해오라고 했을까.

수컷 새가 혼인하고 아이를 낳기 위해 가장 먼저 하는 일이 있다. 둥지 만들기다. 적당한 나뭇가지를 고르고 세심하게 엮어 아름다운 집을 짓는다. 어떤 새는 둥지 앞을 꽃잎과 색색의 잎사귀로 멋지게 장식하기도 한다. 그리고 암컷 새가 오기를 기다린다. 암컷이 날아오지만 바로 친해지는 것은 아니다. 수컷은 다시 암컷 앞에서 화려한 춤을 춘다. 춤추는 모습과 둥지를 번갈아 바라보고 고개를 갸웃거리던 암컷은 수컷의 노고에도 불구하고 다른 곳으로 날아가 버리기도 한다. 뭔가가 맘에 들지 않은 것이다. 집을 보고 수컷을 고르는 암컷의 행동이 못마땅할 수도 있겠다. 하지만 새들이 혼인한 결과가 아이를 낳고 기르는 것임을 떠올린다면, 안전하고 쾌적하며 게다가 아름답기까지 한 둥지를 짓는 수컷을 선택하는 것은 당연하다.

우리는 큰 집은 아니어도 안전하고 편안한 집을 원한다. 왕은 왕국에 여성을 다시 불러오기 위해 여성이 마음 놓고 앉을 자리부터 마련하라는 숙제를 낸 것이다. 이 이야기를 실제의 현실이 아니라 마음의 드라마로 보더라도 같은 의미다. 내면의 여성성인 감성이 자신을 드러내려면 안전하고 편안한 터전이 마련되어야 한다. 당신이 자신의 마음을 있는 그대로 솔직하게 드러내려면 주변 환경이나 상황이 편안해야 하는 것처럼 말이다. 그러니 두꺼비로 변해 땅속으로 사라져버린 여성을 다시 사람으로 되돌리려면 먼저 편안하고 아름다운 터전을 마련하는 것이 가장 먼저다.

당신이 자기감정을 어쩌지 못해 말 못하고 펄쩍 뛰는 두꺼비처럼 된다면, 또는 두꺼비처럼 못생겨서 창피한 마음에 당신의 감정을 땅속 깊은 곳에 숨겨 놓았다면, 먼저 아름다운 양탄자를 마련하라. 그림을 그려도 좋고, 천을 짜듯 한 땀 한 땀 손을 움직여 뭔가 아름다운 것을 만들어보아도 좋을 것이다. 목공이 되었든 은세공이 되었든 뭔가 아름다운 것을 만들어보라. 당신이 아름다운 물건과 친해지고, 그것이 소박하게나마 당신의 손에서 탄생할 때 당신은 공들여 집 짓는

새의 마음을 이해하게 될 것이다. 그리고 두꺼비는 차츰차츰
아름다운 인간의 모습으로 돌아오게 될 것이다.

약속의 반지

왕은 막내가 왕국을 이끌어갈 자격이 있다고 인정했지만, 형들은 그렇지 않았다. 이들은 막내를 인정할 수 없었다. 그래서 왕은 이번에는 세상에서 가장 아름다운 반지를 구해오라고 한다. 양탄자의 의미를 이해했으니, 반지의 의미는 금방 알아차릴 것이다. 반지는 약속을 상징한다. 반지를 주고받는 것은 결혼을 약속했다는 뜻이다. 반지를 주고받으면서 하는 약속은 다른 일반적인 약속이나 계약과는 좀 다른 면이 있다. 문서로 주고받은 계약과 반지로 주고받은 계약은 다르다. 반지는 영적인 계약의 상징이기 때문이다. 태양이나 달처럼 반지 역시 원형이고, 원은 옛날부터 영원성의 상징이었다. 결혼반지로 금반지나 다이아몬드 반지를 주고받는 것은 모두 결혼의 약속이 영원하길 바라는 마음에서다. 반지로 한 약속은 그래서 쉽게 파기할 수 없는 힘을 가진다고 생각했다. 많은 상징이 제 힘을 잃어버리고 단지 형식만이 남은 요즘에도 가톨릭 수장인 교황의 반지는 결코 깨트릴 수 없는 신성한 계약의 힘을 가진다. 반지는 원래 그런 것이다. 왕이 세상에서 가장 아름다운 반지를 구해오라는 것은 그런 약속을 할 수 있는 상대를 찾아오라는 의미와도 같다. 그리고 막내의 무의식 영역인 지하세계에 사는 두꺼비는 찬란하게 빛나는 보석 반지를 기꺼이 내주었다. 그런 약속을 할 수 있는 마음이 그의 내면 깊은 곳에 숨어 있었던 것이다.

막내 왕자가 깃털이 안내하는 대로 땅속으로 내려가 두꺼비들을 대면하자, 지하세계에 있던 것이 하나씩 위로 올라오기 시작한다. 이것을 심리학의 용어로 말하면, 무의식에 자리 잡은 힘이 하나씩 의식화되기 시작했다는 의미다.

무의식과 친해지기 위해서는 먼저 우연성에 마음을 열어야 한다. 모든 것이 정해진 대로 돌아가야 한다고 믿는 마음을 내려놓고, 깃털과 같이 사소한 물건의 안내도 주시할 필요가 있다. 무의식은 말 그대로 의식의 영역에 잘 잡히지 않는

왕은 세상에서 가장 아름다운 양탄자를 찾아오는 사람에게 왕국을
물려주기로 했다. 양탄자에는 세계의 이미지가 담겨 있어서다.
Ephraim Moses Lilien, An Allegorical Wedding Sketch for a Carpet, 1906

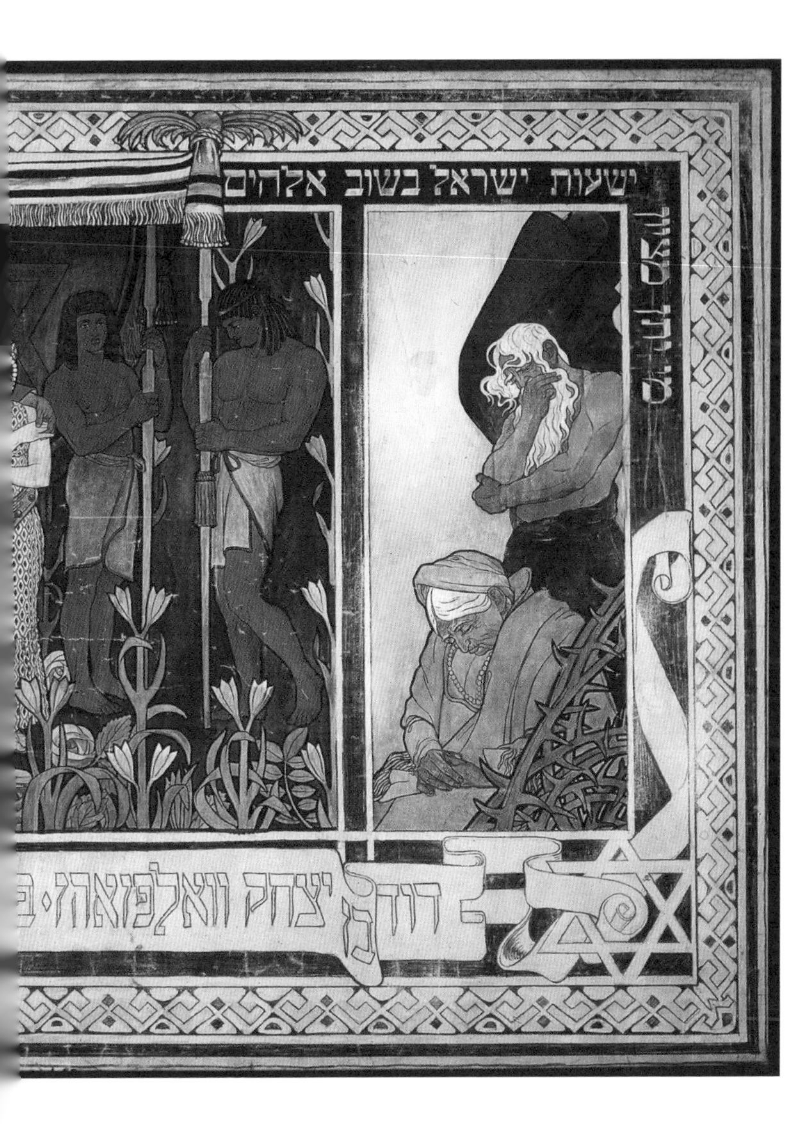
ישעות ישראל בשוב אלהים
דוד בן יצחק וואלפזאהן

것이므로, 우리는 그 작은 흔적을 미묘하게 감지할 뿐이다.
하지만 그 미묘한 움직임을 따라가다 보면 그 아래에는 숨겨진 엄청난 것들이 모습을 드러낸다. 그러니 낯선 것이 당신의 삶에 끼어들 때, 전에는 보이지 않던 것이 눈에 들어오기 시작할 때 당신은 어쩌면 삶이 오랫동안 감춰둔 보물창고를 발견하게 될지도 모른다.
깃털의 안내를 받아들이자 문이 열리기 시작했고, 막내는 그 문을 열고 들어가 이전에는 만나본 적도 없는 세계를 만난다.
그리고 거기에 엄청난 보물이 숨겨져 있음을 감지하기 시작한다. 그 세계는 마치 마법의 동굴과 같아서 그가 필요로 하는 것을 말만 하면 기꺼이 내준다. 의식의 세계에서 사라진 아름다운 것들이 저 아래 자신이 이전까지는 감지하지도 못한 마음의 영역에 숨어 있었던 것이다.
양탄자와 반지에 이어 드디어 아름다운 여자를 데려올 차례가 되었다. 형들은 낡은 마차에서 고리를 빼왔고, 두 번째 과제 역시 막내의 능력을 입증하는 결과였다. 하지만 형들은 그 결과에 승복하지 못한다. 이야기를 겉으로만 보면 형들의 완고함과 심술이 눈에 들어오지만, 심층적으로 들어가면 세 번째 것이 아직 도착하지 않았기 때문이다.

중요한 것은 세 번째에

셋은 마법의 힘을 가진 수다. 뭘 해도 단판승은 아쉬움을 남길 뿐 아니라 재미도 별로 없다. 그래서 늘 삼세번이다. 세 번 같은 것을 반복하면 결론이 났다는 느낌이 든다. 우리는 무의식적으로 삼세번을 선호한다. 셋이 원점으로 되돌아오는 수이기 때문이다. 셋은 시작-중간-종결의 리듬으로 움직인다. 한 박자에 제자리에 서 있고, 두 박자에 한 발을 움직인다. 그리고 마지막 세 박자에 나머지 발을 끌어오면 한 걸음이 완성된다. '쿵짝짝'이라는 리듬에 맞춰 추는 왈츠는 멀리 떠났다 되돌아오는 삶의 리듬을 닮았다. 어딘가 멀리, 하지만 안전하게 갔다 오고 싶은 사람은 왈츠의 리듬을 좋아할 것이다. 세 박자의 리듬을 따른 움직임은 우리의 경계를 확장시킨다. 서론-본론-결론의 리듬을 따라 풀어낸 이야기는 우리의 생각을 무리 없이 확장시킨다. 우리는 멀리 떠났다가 제자리로 돌아온다. 그러나 모든 여행이 그러하듯이 떠나기 전과는 다른 차원의 집으로 되돌아오는 것이다. 세 박자의 움직임 속에서 미묘한 변형이 일어난다. 그러니 뭔가를 변화시키고 싶은 사람은 셋이라는 리듬에 맞춰 실행할 일이다. 우리 이야기도 세 번째 만나게 될 것을 향해 나아간다. 뭔가를 시작했으면 세 단계는 거쳐야 변형이 일어나기 때문이다.

당연히 세 번째에 가장 중요한 것이 올라올 준비를 하고 있다. 왕은 드디어 세상에서 가장 아름다운 아가씨를 데려오라고 한다. 그리고 이번에도 깃털의 안내를 따르라고 명령한다. 막내의 깃털은 이번에도 제자리로 떨어졌고, 그는 세 번째로 지하세계를 방문한다. 그리고 원하는 것을 말한다. "세상에서 가장 아름다운 아가씨를 모시러 왔습니다." 그러나 이번에는 필요한 게 금방 주어지지 않는다. 두꺼비 여왕은 이렇게 말한다. "가장 아름다운 아가씨라고? 당장은 없지만 어쨌든 데려갈 수 있을 거야!" 그러고는 이상하게 행동한다. 생쥐 여섯 마리가 끄는 속 빈 당근이라니. 게다가 그 속에 두꺼비 한

가장 아름다운 여자가 드디어
도착했다. 그녀가 돌아오자 세상은
잃어버린 생기를 되찾았다.
Eugene Grasset, Poster for Grafton
Gallery, 1893

마리를 잡아 앉히라고 한다. 막내는 시키는 대로 했고, 그러자 마법이 일어났다. 생쥐는 말로, 당근은 마차로, 그리고 그 안에 앉힌 두꺼비는 아름다운 아가씨로 변했다!
진짜 마법은 세 번째에 일어난다. 드디어 왕국이 필요로 하는 가장 중요한 것이 귀환할 준비를 마쳤다. 당근과 생쥐가 마차와 말로 바뀌고, 두꺼비는 여자로 바뀐 것이다. 이 대목은 마치 〈신데렐라〉의 요정 할머니가 만들어낸 광경의 남성판 같다. 생쥐가 말로 바뀐 것은 같지만 호박 마차 대신에 당근 마차가 등장했다. 여기가 땅속이니 호박보다는 당근이 더 그럴 듯하다. 호박이나 당근이나 모두 따뜻한 빛을 담은 주황색 속살을 지녔다. 다른 건 호박이 땅 위의 열매라면 당근은 뿌리라는 점, 무엇보다도 호박이 여성 성기의 상징이라면, 당근은 남성 성기의 상징이라는 점이다.

밤을
갉아먹는
판타지

● 이 이야기의 주인공은 남성이므로 가장 아름다운 아가씨는 그의 무의식에 자리잡고 있는 여성혼, 아니마anima[3]를 상징한다. 그런데 남성의 아니마는 대체로 성적 판타지와 결부되어 있다고 한다. 마리 루이제 폰 프란츠의 해석을 들어보자. "대부분의 채소와 마찬가지로 당근은 특히 성적으로 에로틱한 의미를 가지고 있다. 남성의 에로스 세계가 처음으로 의식 위로 올라올 때 아니마는 섹스나 섹슈얼한 판타지를 타고 올라온다. 쥐 역시 어떤 점에서 비슷한 의미를 지니고 있다. 그리스에서 쥐는 태양신 아폴로와 관련된 동물이었다. 하지만 겨울의 아폴로, 말하자면 태양 원리의

어두운 측면과 관계되어 있다. 유럽에서는 쥐를 악마의 동물이라 여긴다. 독일어권에서는 쥐가 종종 인간의 무의식적 인성을 나타내기도 한다."[4]

쥐는 유럽에서뿐 아니라 아시아에서도 밤의 동물, 혼의 어두운 측면을 나타내는 상징으로 나타난다. 우리 민담 중에는 밤중에 잠자는 남편의 콧구멍 속에서 작은 쥐 한 마리가 나와 밖을 돌아다니다 오는 이야기도 있다. 이상하게 여긴 아내가 생쥐의 뒤를 쫓아가 행운을 얻게 되었다는 이야기다.[5] 여기서도 역시 쥐는 남성 자아 내면의 무의식적 측면과 연관된다. 차이가 있다면, 유럽에 비해 아시아는 무의식의 어두운 측면에 대해 더 관용적이다. 무의식의 어둠은 악이 아니라 어둠일 뿐이며, 그 어둠은 역설적이게도 밝은 대낮의 풍요를 담고 있기 때문이다. 깃털 이야기 속에 등장하는 당근 마차를 끄는 쥐들은 한밤중에 망상이 일어나는 방식을 나타내기도 한다. 프란츠의 말을 더 들어보자. "당신은 아마도 걱정으로 잠이 오지 않는 밤중에 사소한 걱정거리가 모여 산더미처럼 쌓인 경험이 있을 것이다. 잠은 오지 않고 이 작은 걱정거리들이 계속 머릿속을 빙빙 돈다. 마치 쥐들이 잠을 방해하는 것처럼 말이다. 이 망할 놈의 동물들은 밤을 갉아 먹고 벽을 이리저리 치고 돌아다닌다.

잠시 조용해졌는가 싶으면 다시 시작된다. 그러므로 쥐는 밤에 자려고 할 때마다 당신을 갉아먹는 강박적인 생각이나 환상을 나타낸다. 그리고 그것은 대부분 에로틱한 성격을 가지고 있다."[6]

생쥐들이 끄는 당근 마차에 두꺼비를 앉히자 마법이 일어났다. 생쥐는 말로 변했고, 당근은 마차로, 두꺼비는 아가씨로 변했다. 여기서 포인트는 막내가 두꺼비를 잡아 속을 파낸 당근 속에 앉혔다는 점이다. 한번 생각해보자. 현실적으로 보면 얼마나 이상하고 어린애 같은 행동인지. 그래서 막내는 여왕 두꺼비가 당근 속을 파내고 생쥐들을 묶어서 건네주자 되묻는다. "이걸로 뭘 하라고요?" 여왕 두꺼비는 이렇게 말한다. "그 안에 맘에 드는 두꺼비 한 마리를 들여앉혀 봐." 당신이 여자 문제로 골치를 앓고 있을 때 어떤 상담가를 만났다고 치자. 그가 당신에게 속 빈 당근에 장난감 쥐들을 묶어주고 그 속에다 두꺼비 한 마리를 잡아넣으라고 한다면, 당신은 어떻게 하겠는가. 당신은 속을 파낸 당근 마차 안에 두꺼비를 잡아넣을 수 있을까.

두꺼비를 손으로 잡아 작은 당근 안에 앉히는 것은 말처럼 쉬운 일이 아니다. 두꺼비는 펄쩍펄쩍 뛸 것이고, 화가 난 나머지

끈적끈적한 진액을 뿜어낼 것이다. 그 미끈거리는 동물을 손으로 잡고 있기도 쉽지 않을 터인데, 잡아넣어야 한다니. 물론 동화는 판타지이므로 이 상황은 정말 너무 쉽게 넘어간다. 하지만 그 의미를 알아채기 위해서는 적어도 상상만으로라도 이 상황을 구체적으로 느껴보아야 한다. 느낌을 떠올릴 수 없다면 동화는 빈 껍데기만 보여줄 뿐이다.

아무튼 두꺼비를 당근 마차 안에 무사히 앉히는 데 성공한다면, 두꺼비는 그 흉측한 몰골을 벗고 아름다운 아가씨로 돌변한다. 한번 떠올려 보자. 두꺼비를 죽이지도 않고 상처를 입히지도 않으면서 당근 안에 앉히려면? 아마도 섬세하고 세심하게 두꺼비를 살펴봐야 하고, 그 생태도 잘 알고 있어야 할 것이다. 무엇보다도 이 작은 동물과 교감해야 한다.

이야기 속 막내는 땅속 두꺼비 여왕의 말을 알아들을 수 있을 뿐만 아니라 두꺼비들의 노랫소리도 이해할 수 있는 사람이다. 그러니 두꺼비를 어떻게 당근 마차 안에 무사히 앉힐 수 있는지도 알 수 있는 사람이다. 남성 내면에 자리 잡은 여성성이 성적 판타지와 결부되어 있는지 나는 잘 알지 못한다. 그러니 두꺼비를 실은 당근 마차가 꼭 성적인 의미만을 지녔다고 말할 수도 없다. 하지만 적어도 두꺼비를 섬세하게 다룰 줄 아는 사람이라면, 그의 내면이 부드러운 사람인 것만은 확실하다. 또한 하찮아 보이는 채소나 작은 동물도 함부로 다루지 않는 사람이라면, 세상에서 무엇이 아름다운지를 잘 알아챌 수 있는 사람이라는 것은 분명하다.

우아하게 고리 통과하기

막내가 가장 아름다운 아가씨를 데려오는데 성공하면서 이야기는 끝날 것처럼 보인다. 세 가지 과제를 모두 성공적으로 마쳤으므로 왕은 적당한 후계자를 찾아냈고, 왕국은 잃어버린 여성성을 되찾을 수 있을 것이다. 그러므로 이쯤 해서 '이들은 행복하게 살았습니다'로 마무리되어야 할 것 같다. 그러나 이 이야기에는 마치 사족처럼 한 가지 과제가 따라붙는다. 세 가지 과제를 모두 성공적으로 수행한 막내를 형들은 아직도 인정하지 않는다. 그리하여 네 번째 과제가 주어진다.

넷이라는 수에 특별한 의미를 부여한 사람이 카를 융Carl

Jung이다. 융은 서구의 정신을 오랫동안 지배해온 삼위일체의 관념을 보충하는 사위일체의 개념을 주장했다. 융에 의하면, 셋이 하나라는 관념은 불안정하다. 네 번째 것이 도래해야 현실성을 띤다. 세 번째에는 변화가 일어나고, 네 번째에는 변화된 것이 실현된다. 하나, 둘, 셋, 그 다음 '시작'인 것이다. 사진을 찍을 때도 달리기를 할 때도 네 번째에 새로운 차원이 시작된다. 이전의 세 가지 과제는 왕자들이 해야 하는 일이었지만, 이번에는 왕자들이 데려온 아가씨가 수행해야 하는 과제다. 메마른 왕국을 바꾸는 책임이 그녀에게 주어졌기 때문이다.

왕이 이번에 내건 과제는 데리고 온 아가씨가 왕궁의 홀 한가운데 걸려 있는 둥근 고리를 무사히 통과해야 한다는 것이다. 왕은 왜 이런 주문을 한 걸까. 서커스에는 종종 화염에 휩싸인 커다란 고리를 사람이나 사자가 통과하는 쇼가 등장한다. 날렵하게 고리 가운데를 통과하지 못하면 몸에 불이 붙을 수도 있다. 혹 고리가 몸에 닿으면 어쩌지 하는 우려를 뒤로 하고 그가 날렵하고 유연한 동작으로 고리를 통과하면, 숨죽이며 보던 사람들은 정말 기뻐하며 박수 친다. 자칫 크게 다칠 수도 있는 위기를 가뿐히 넘어선 것에 깊이 안도했기 때문이다. 고리를 통과하는 것은 말 그대로 통과의례의 의미도 있다. 정말 어려운 관문을 통과했다는 그 안도감.

막내가 데려온 아가씨는 이런 일을 쉽게 해낼 수 있을까. 두 형들은 이렇게 생각한다. '저 약해 빠진 여자는 뛰어넘다가 죽을 걸.' 어쩌면 그럴지도 모르겠다. 막내가 처음 두꺼비들의 세계를 찾아갔을 때 문간에서 들리던 노랫소리를 떠올려 보자. "새파랗게 젊은 아가씨야, 쭈그렁 다리야, 쭈그렁 다리 강아지야, 이리 뛰고 저리 뛰어 밖에 누가 왔는지 냉큼 보고 오렴." 문간 너머에 있던 두꺼비는 원래 새파랗게 젊은 아가씨였는데, 바깥으로 나오지 못하고 땅속에 오래 숨어 있는 바람에 다리가 쪼그라들어 강아지가 되었다가 급기야 두꺼비가 되어 버린 여성이다. 막내가 찾아오면서 이 세계에 다시 볕이 들고, 그로 인해 다시 자기 모습을 되찾은 아가씨가 땅 위의 밝은 세계로 올라오기는 했다. 하지만 오랫동안 웅크리고 있던 그녀가 고리를 무사히 통과할 수 있을지는 미지수다.

하지만 이야기 속 그녀는 누구보다도 날렵하고 우아하게 '사슴처럼 사뿐히' 홀 가운데 있는 고리를 통과한다. 이제 누구도 막내가 왕국을 이끌 자격이 있다는 것을 의심하지 않는다. 그리고 멍청이 왕자는 왕관을 물려받아 오랫동안 슬기롭게 나라를 다스렸다.

땅속에 쭈그리고 있던 아가씨가 이제는 마음 놓고 두 다리를 펴고 걸을 수 있을 뿐 아니라 거의 나는 듯이 뛸 수도 있게 되었다. 그녀는 오래전 땅속으로 쫓겨 내려가기 전 원래 그런 존재였을 것이다. 멍청이 왕자의 세심하고 참을성 있는 배려에 안정을 되찾은 그녀는 원래 가지고 있던 자신의 모습을 되찾았다.

멍청이 왕자는 다른 두 형들처럼 지나가는 여자의 숄을 함부로 빼앗지도 않았으며, 둔탁하고 볼품없으며 그저 기능적이기만 한 마차 고리를 약속의 증표로 내놓지도 않았다. 지나가다 우연히 만난 여자를 아무 생각도 없이 아름다운 여자라고 우기지도 않았다.

진짜 멍청한 것은 '멍청이'라 불리던 막내가 아니라 거친 마음을 가지고 있던 두 형이었다. 지나가던 여자의 숄을 양탄자로 여기고, 마차 고리를 반지로 여기며, 길에서 처음 만난 여자를 아름다운 여자라고 여기는 사람은 어떤 마음을 가졌을까? 그는 어깨에 두르는 숄과 바닥에 깔고 앉는 양탄자가 별 차이가 없다고 생각하는 사람이니 아마도 다른 사람이 소중하게 여기는 것을 함부로 다루는 사람일 것이다. 반지나 마차 고리나 모양이 비슷하니 그게 그거라고 생각할 것이므로 아마도 실용성 이외에 물건이 지닌 상징적 의미를 무시하는 사람일 것이다. 길에서 처음 만난 여자를 아름다운 여자라고 여기는 것을 보니 여자는 그저 여자일 따름이라고 생각하는 사람임에 틀림이 없다. 그런 사람의 눈에 그녀가 어떤 사람이고 어떤 개성을 지녔는지는 별 문제가 안될 것이다. 그러니 그는 여자를 물건 다루듯 할 것이며 더 나아가 마차 고리보다도 못한 존재로 대할 수도 있다.

'세 개의 깃털'은 왕자들로 상징되는 남성 내면에 대한 이야기다. 또한 여성혼이 실종된 세계에서 사라진 영혼을 다시 되찾아야 하는 과제를 안고 있는 우리의 이야기이기도 하다. 왕은 다행히 어떻게 하면 세상이 잃어버린 여성혼을 되찾을 수 있는지 알고 있었다. 다만 어디로 사라져 버렸는지 알아챌 수 없었을 뿐이다.

여성은 생명을 이 세상에 옮겨다 주는 역할을 하니, 사라진 여성을 찾으려면 생명이 어디에서 움트고 어떻게 자라나는지를 살펴보면 된다. 어디서 왔는지 알 수 없는 작은 씨앗들이 바람결에 내려 앉아 메마른 땅에 뿌리 내리고 꽃

피우듯이, 당신의 내면에서 사라진 듯이 보이는 생명의 씨앗 역시 지나가는 바람이 날라다 줄지도 모를 일이다. 그러니 깃털의 안내에 마음을 열고, 지나가는 바람 소리에 귀를 기울여보시라. 당신의 세상을 아름답게 물들일 그녀가 저편 어딘가에서 당신이 찾아오기를 기다리고 있을지도 모르니 말이다.

낮의 마법

삶에서 여성혼이 억눌리거나 사라지면 일상은 생기를 잃고, 오로지 일과 의무, 경쟁과 생존의 강박만이 삶을 지배하게 된다. 지하세계로 사라진 여성혼을 땅 위로 다시 모시는 것은 그래서 일상에 신선한 생기와 아름다움을 복원하는 일이다. 그러나 애써 지상으로 모셔온 여성혼이 고리를 멋지게 통과하는 공주처럼 우아하게 움직여 활기가 되돌아왔음을 느끼게 해주는 것은 아니다. 때로는 두 형이 데려온 둔한 아가씨들처럼 고리에 부딪쳐 땅바닥으로 고꾸라지거나 요란한 소리를 내면서 주저앉게 되는 경우도 많다.
앞의 이야기가 남성 주인공이 경험하는 내면 풍경이라면, 여성 주인공은 어떤 방식으로 경험하게 될까. 삶의 생기를 되찾고 살아가는 기쁨을 느끼려면 여성혼뿐만 아니라 남성혼 역시 제 역할을 다해야 한다. 이번에는 사라진 남성혼에 대한

이야기다.

이 이야기는 다양한 판본으로 존재한다. 가장 많이 알려진 것이 안데르센 판본이고, 그 다음으로 그림 형제 판본이다. 안데르센의 이야기는 〈백조 왕자〉라는 제목으로 되어 있고, 그림 형제 판은 〈여섯 마리 백조〉로 되어 있다. 여기에 소개하는 이야기는 미국에서 마녀부활운동witchcraft을 주도한 환경운동가 스타호크Starhawk의 판본이다. 스타호크 판본에는 그림 형제나 안데르센의 이야기가 간과한 여성적 시각이 살아있다. 안데르센이 옮긴 이야기에는 기독교 이데올로기의 간섭이 너무 많고, 그림 형제 판본 역시 원형을 보존하고 있기는 하지만 여성 주인공을 너무 수동적인 존재로 설정해놓아 답답하게 느껴진다. 이 새로운 판본으로 이야기를 풀어가려 한다.

열두 마리 야생 백조 1

아주 오래전 먼 바다 건너, 강한 아들 열두 명을 둔 왕비가 있었다. 딸이 없는 그녀는 어느 겨울날 창가에 앉아 바느질을 하고 있었다. 그러다 창밖에서 까마귀 한 마리가 도살된 송아지를 뜯어 먹느라 하얀 눈이 붉게 물든 것을 보았다. 그녀는 한숨을 쉬며 말했다. "눈처럼 하얀 피부에 피처럼 붉은 입술, 까마귀같이 검은 머리카락을 지닌 딸아이를 가질 수 있다면 열두 왕자를 주어도 아깝지 않을 텐데…."

그때 온통 검은 옷을 입고 지팡이를 든 할머니가 나타나 이렇게 말하고 사라졌다. "그건 잘못된 소원이야. 너는 벌을 받게 될 것이야." 그리고 왕비는 임신했다.

아이가 태어날 때가 되자 불안해진 왕비는 열두 왕자를 장정들이 지키는 방안에 가두어 놓았다. 하지만 딸이 태어나는 순간 왕자들은 모두 백조가 되어 창밖으로 날아가 버렸고, 이후로는 아무도 그들을 볼 수가 없었다.

로즈라는 이름으로 불린 딸은 성안에서 혼자 외로이 자랐다. 아무도 로즈에게 오빠들에 대해서는 말해주지 않았다. 하지만 그녀는 자라면서 사람들에게 궁금한 것을 이것저것 물었고, 어느 날 마침내 성안을 감싸고 있던 어두운 비밀을 알게 된다. 무슨 일이 벌어졌는지 알게 된 그녀는 결심한다. "어떤 대가를 치르더라도 오빠들을 찾아내 그들에게 걸린 저주를 풀고 말거야." 로즈는 부모에게 인사하고 빵 한 덩이만을 들고 성을 떠난다. 그녀는 어두운 숲속으로 들어갔고, 숲으로 들어가자마자 곧 길을 잃어버렸다. 온몸이 더러워진데다 여기저기 나뭇가지에 긁힌 상처가 늘어갔다. 숲속 깊은 곳까지 헤매던 로즈는 마침내 작은 시내가 흐르는 곳에 이르렀다. 얼굴을 씻고 빵 한 쪽을 뜯어먹으며 잠시 쉬고 있는데, 한 할머니가 나타나 배가 고프니 빵을 나눠달라고 했다. 빵을 받은 할머니는 로즈에게 말했다. "물길을 따라 강 끝까지 가면 바다가 나올 거야. 그 바닷가에 백조들이 살고 있단다. 아마 네 오빠들을 만날 수 있을지도 모르겠구나." 로즈는 할머니 말대로 바다에 이를 수 있었다. 해가 지자 열두 마리 백조가 해변으로 날아들었고, 발이 땅에 닿자마자 모두 잘생긴 청년으로 변했다. 로즈는 그들에게 달려가 소리쳤다.

"내가 오빠들의 여동생이에요!" 그러자 그들은 공포에 질려서 소리쳤다. "우리는 처음 만난 여자아이를 죽이기로 맹세했어. 그 여자아이가 불운을 가져다주었기 때문이지!" 그녀는 놀라서 물러섰다. 이때 그 할머니가 다시 나타났다. "결코 하지 말았어야 했던 사악한 맹세를 깨트려라! 이 아이는 너희들의 진짜 누이다. 이 아이만이 너희들에게 걸린 저주를 풀 수 있다!"

밤새 이야기를 나눈 그들은 이튿날이 되자 떠날 준비를 했다. 일년 중 가장 낮이 긴 이날, 바다 한가운데에 있는 파타 모르가나Fata Morgana(웨일즈 신화에 등장하는 요정들의 여왕)가 사는 섬으로 가야 했기 때문이다. 그들은 여동생과 함께 가려고 밤새 갈대를 엮어 거대한 바구니를 만들었다. 해가 뜨자마자 그들은 여동생을 바구니에 태워 바다로 날아올랐고, 밤이 되자 작은 바위섬에 내려앉았다. 거센 파도를 막기 위해 여동생을 에워싼 채로 말이다. 다시 해가 뜨자 그들은 백조로 변해 날아올랐다. 해가 질 때쯤 드디어 파타 모르가나가 사는 섬에 도착했다. 안개가 자욱한 하늘에 파타 모르가나의 성이 높이 떠있었고, 섬 어귀에는 땅속으로 통하는 동굴이 있었다.

그날 밤 동굴 속에서 잠자던 로즈는 살아있는 사람은 들어갈

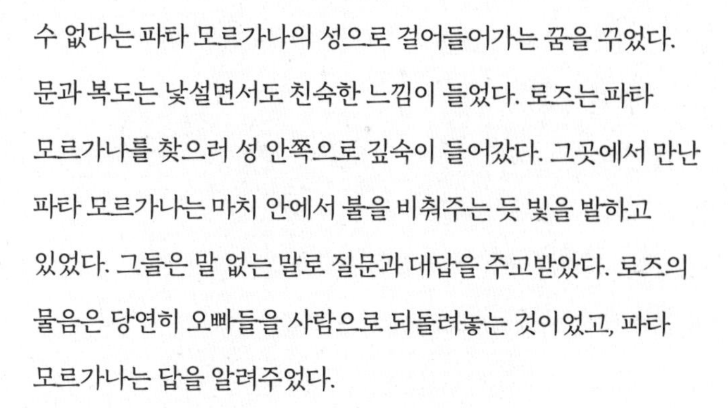

수 없다는 파타 모르가나의 성으로 걸어들어가는 꿈을 꾸었다. 문과 복도는 낯설면서도 친숙한 느낌이 들었다. 로즈는 파타 모르가나를 찾으러 성 안쪽으로 깊숙이 들어갔다. 그곳에서 만난 파타 모르가나는 마치 안에서 불을 비춰주는 듯 빛을 발하고 있었다. 그들은 말 없는 말로 질문과 대답을 주고받았다. 로즈의 물음은 당연히 오빠들을 사람으로 되돌려놓는 것이었고, 파타 모르가나는 답을 알려주었다.

"거친 쐐기풀로 오빠들의 웃옷을 만들어야 한다. 그리고 그 일을 다 마치기 전까지는 말을 해서도, 웃어서도, 소리내 울어서도 안 된다. 옷을 다 만들면 오빠들에게 옷을 던져주어라. 그러면 오빠들에게 걸린 마법이 풀릴 것이다." "쉽지 않은 일이다. 하지만 너에게 달려 있다. 할지 말지를 결정하고 대답해라." 그녀는 답했다. "그렇게 하겠습니다."

로즈는 잠에서 깨자마자 숲으로 가 쐐기풀을 모으기 시작했다. 그녀는 침묵 속에서 그것들은 골라 실을 만들고, 알맞은 크기로 잘라 옷을 만들기 시작했다. 쐐기풀에 찔려도 울지 않았으며, 오빠들과 밥을 먹고 함께 있는 동안에도 웃지도 않고 이야기를 나누지도 않았다. 오빠들은 동생에게 뭔가 그럴 만한 까닭이 있겠지 생각하고 묻지 않았다. 점차로 누이의 침묵에 익숙해졌고 평화로운 날이 흘렀다.

그러던 어느 날 동굴 밖에 앉아 실을 잣고 있는 그녀 앞에 말 탄 남자가 나타났다. 그는 이 땅의 왕이었다. 신비스러운 로즈에게 끌린 왕은 곧 사랑에 빠졌다. 그녀가 갖고 있는 모든 것을 싣고 궁전으로 돌아온 왕은 그녀를 왕비로 삼았다. 그들은 무척이나 서로 사랑하고 행복했다. 그러나 그 행복은 오래가지 않았다. 왕의 어머니가 질투한 것이다. 시어머지는 이 이상하고 낯설고 말없는 젊은 여자가 두려웠다.

더 이상 숲속에서 살 수 없게 된 로즈는 쐐기풀이 떨어지자 교회 뒷마당에 있는 무덤가에서 쐐기풀을 뜯어야만 했다. 로즈 역시 라미아Lamia(뱀의 하체를 지녔으며 어린아이를 잡아먹는다고 알려진 여자)를 두려워했지만 하는 수 없었다. 왕비를 미행하던 시어머니는 다음날 아침 왕에게 소리쳤다. "왕비는 틀림없이 마녀다! 제대로 된 여자라면 밤중에 묘지 주위를 돌아다니지 않을 거다. 자기 자신에 대해 한 마디도 설명하지 않는 걸 봐라." 왕비를 사랑한 왕은 어머니의 비난을 귀담아 듣지 않았다. 그러나 비난은 소문이 되었고, 마침내 로즈의 귀에까지 들렸다.

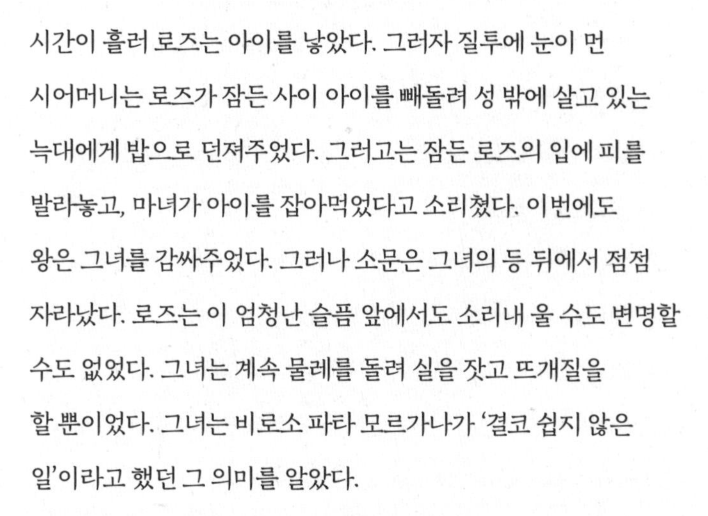

시간이 흘러 로즈는 아이를 낳았다. 그러자 질투에 눈이 먼 시어머니는 로즈가 잠든 사이 아이를 빼돌려 성 밖에 살고 있는 늑대에게 밥으로 던져주었다. 그러고는 잠든 로즈의 입에 피를 발라놓고, 마녀가 아이를 잡아먹었다고 소리쳤다. 이번에도 왕은 그녀를 감싸주었다. 그러나 소문은 그녀의 등 뒤에서 점점 자라났다. 로즈는 이 엄청난 슬픔 앞에서도 소리내 울 수도 변명할 수도 없었다. 그녀는 계속 물레를 돌려 실을 잣고 뜨개질을 할 뿐이었다. 그녀는 비로소 파타 모르가나가 '결코 쉽지 않은 일'이라고 했던 그 의미를 알았다.

시간이 또다시 흘러 로즈는 두 번째 아이를 낳았다. 이번에도 시어머니는 아이를 빼돌려 늑대에게 던져주었고, 똑같은 일을 반복했다. 그러자 이번에는 왕도 백성의 원성을 못들은 체 할 수 없었다. 그녀는 마녀임이 틀림없었다. 로즈는 지하 감옥에 갇혔고, 곧 화형이 결정되었다.

로즈는 지하 감옥에 갇혀서도 여전히 침묵을 지키며 뜨개질에 몰두할 뿐이었다. 화형대로 향하는 마차 안에서도 그녀는 온갖 욕설과 비난을 들으며 옷을 짜기만 했다.

마침내 화형대에 오르게 되었을 때 백조 열두 마리가 날아와 그녀를 에워쌌다. 그녀는 오빠들을 향해 옷을 던졌다. 옷이 백조의 깃털에 닿자 그들은 잘생긴 청년으로 변했다. 로즈가 올라간 화형대에서는 잎이 나고 장미꽃이 피었다. 그녀는 마침내 입을 열었다. "나는 결백합니다." 그러고는 시체처럼 그 자리에 쓰러졌다. 왕은 화형대 나뭇가지 꼭대기에 피어난 하얀 장미를 꺾어 그녀의 가슴에 올려놓았다. 그녀는 깊은 한숨과 함께 깨어났고, 그때 바로 그 할머니가 아이들과 함께 나타났다. 사악한 왕비가 늑대에게 던져준 아이들이었다. 사악한 저주는 사라지고 오빠들은 사람으로 되돌아왔다. 모든 것이 되살아났지만 딱 하나, 막내 오빠의 한쪽 팔만은 백조 날개를 단 채였다. 그녀가 마지막까지 옷의 팔 부분을 완성하지 못했기 때문이었다. 그러나 그들은 행복하게 살았다고 전해진다.[7]

잘못된 소원

● 이 이야기는 강한 아들 열두 명을 둔 왕비의 소원에서부터 시작된다. 아들이 열둘이나 되었으니 왕비는 꽤 든든했을 것이다. 아들이 열둘이라는 것은 단순히 수가 많다는 뜻이 아니다. 상징의 세계에서 12는 태양의 성격을 나타내는 수로 알려져 왔다. 이 세계는 아들들의 강력한 힘으로 꽤 잘 운영되고 있었을 것이다. 일 년이 열두 달이니 아들들의 숫자에 맞춰 모든 일이 질서정연하게 돌아가는 듯이 보인다. 이 세계에 혼란스러운 것은 별로 없어 보인다. 안데르센 판본에는 이 왕자들이 유리 서판에 다이아몬드 펜으로 글쓰기를 배웠다고 적혀 있다. 얼마나 투명하고 명쾌한 세계인가. 이 세계에는

혼란스러움이 없을 뿐만 아니라 그늘도 없는 것 같다. 온통 유리와 금속으로 이루어진 21세기의 차갑고도 명료한 도시적 세계를 예감하게 하는 장면이다. 그런데 이 단정하고 말끔한 세계에 갑자기 생명의 어두운 그늘이 드리워진다.
창밖 너머 눈밭을 내다보던 왕비의 눈에 까마귀 한 마리가 도살된 송아지를 뜯어 먹고 있는 장면이 들어온다. 눈처럼 깨끗한 하얀 세계에 피와 잔혹함의 광경이 운명처럼 비집고 들어온 것이다. 이 광경을 보면서 왕비는 자기도 모르는 사이에 소원을 내뱉는다. "눈처럼 하얀 피부에 피처럼 붉은 입술, 까마귀처럼 검은 머리카락을 지닌 딸아이를 가질 수 있다면 열두 왕자를 주어도 아깝지 않을 텐데"라고 말한다.
왕비는 이 세계에 뭔가가 빠져 있음을 본능적으로 알고 있다. 왕자들로만 있는 이곳에 결핍된 것은 당연히 공주이며, 앞에서 다뤘듯이 삶의 생기와 아름다움이다. 그 결핍을 느꼈으니 왕비는 한숨을 쉬면서 그것을 원한 것이다. 여기까지는 아무 문제가 없다. 마땅히 있어야 할 것을 원하는데 무슨 잘못이 있을까. 그런데 검은 옷을 입은 할머니가 나타나 책망한다. "너는 잘못된 소원을 말했으니 벌을 받게 될 것이다." 왕비의 잘못은 무엇이었을까.

눈처럼 하얀 피부, 피처럼 붉은 입술, 까마귀처럼 검은 머리카락을 가진 여자아이를 원한 것이 잘못이었을까? 이 소원은 〈백설 공주〉에도 등장한다. 첫 장면은 왕비가 눈 내리는 창가에서 바느질하다가 손가락을 바늘에 찔리는 것으로 시작한다. 피 세 방울이 옷감 위에 떨어지자 왕비는 이렇게 말한다. "눈처럼 하얀 피부, 피처럼 붉은 입술, 숯처럼 검은 머리카락을 지닌 여자아이가 있었으면."

언뜻 예쁜 여자아이를 말하는 것 같지만 이 장면은 그보다 훨씬 더 깊은 의미를 감추고 있다. 눈, 피, 숯으로 표현된 하얀색, 빨간색, 검은색은 인생의 세 단계 또는 생명의 세 요소를 나타내는 상징이다.

널리 알려진 것처럼 눈의 하얀색은 순수한 영혼의 상징이다. 겨울에 내리는 눈은 차갑지만 얼음과는 달리 포근하고 풍요로운 느낌을 준다. 실용과 경제성을 가장 중요하게 여기는 메마른 어른의 눈에도 첫눈은 알 수 없는 설렘과 두근거림을 가져다준다. 아이와 강아지는 하늘에서 축복처럼 내려오는 눈을 천사처럼 반기며 좋아서 어쩔 줄을 모른다. 이들은 어쩌면 영혼이 마치 눈송이처럼 지상에 내려앉는다는 것을 알고 있는 것만 같다. 그러니 내리는 눈을 바라보며 새로운 영혼이 땅 위에 내려앉기를 바라는 것은 너무나 당연하다. 그 아이가 눈 같은 아름다움을 지니고 태어난다면 얼마나 좋을까.

옷감 위에 떨어진 피 세 방울은 여성의 삶에서 겪는 성장의 세 단계와 관계가 있다. 누구든 태어날 때 어머니의 피를 묻히고 태어난다. 그러니 첫 번째 피는 탄생의 피다. 두 번째는 여성이 첫 월경에 흘리는 피다. 월경이 시작됐다는 것은 어머니가 될 수 있다는 뜻이다. 그러면 세 번째 피는 무엇일까. 어머니가 되면서 흘리는 피다. 그녀의 어머니가 그러했듯이 그녀 역시 피 흘리며 아이를 낳는다. 그러므로 세 방울의 피는 세 단계의 통과의례를 상징한다. 여성은 피를 흘리면서 변신한다. 딸에서 어머니로, 그리고 할머니로.

예전에 출산은 산부인과 의사가 아니라 할머니의 도움을 필요로 했다. 임신이 그러하듯이 출산 역시 병이 아니라 자연스런 일이었기 때문에 구태여 병원에서 해결할 문제가 아니었다. 물론 공동체의 힘이 강건하던 옛날이야기다.

할머니가 된다는 것이 피의 통과의례를 모두 거치면서 생명의 신비를 이해하게 됐고, 그 결과 현명해졌다는 뜻으로 여겨졌을 때의 이야기다. 이 이야기 속에서 할머니가 등장하는 것도 이런 까닭이다. 이야기 속에 할머니는 두 번 등장한다. 첫 번째는 왕비가 소원을 말했을 때고, 두 번째는 로즈에게 길을 안내하기 위해서다. 뭔가가 새로 태어날 때는 할머니의 도움이 필요하다. 산파 할머니는 아이가 언제쯤 머리를 내밀지, 엄마에게 필요한 것이 무엇인지, 탯줄을 언제 끊어야 하는지 알고 있다. 그걸 알 수 있는 것은 학교에서 배워서가 아니라 경험해본 적이 있기 때문이다. 물론 요즘은 경험보다 지식이 더 중요해진 세상이지만 말이다.

피처럼 붉은 빨강은 생명의 탄생과 관계된 신비를 나타내기도 하고, 한편으로는 생명 자체를 나타내기도 한다. 빨강은 모두 알다시피 강렬한 색이다. 젊음의 열기, 끓어오르는 열정, 강렬한 생명력을 나타낸다. 피처럼 붉은 입술을 지닌 아이라면 분명 강한 심장을 지녔을 것이다. 그녀는 분명 용기가 있을 뿐 아니라 따뜻하고 열정적인 마음을 지닌 사람일 것이다. 그러니 그 아이는 살아가면서 분명 용기 있는 선택을 할 것이고, 따스하게 타인의 마음을 보듬어 안게 될 것이다.

그렇다면 숯처럼 검은 머리카락, 또는 까마귀처럼 검은 머리카락을 지녔다는 것은 무슨 뜻일까. 하양과 빨강에 비해 검정은 부정적인 이미지를 많이 갖고 있는 색 중에 하나다. 검은색은 까마귀가 도살된 송아지의 시체를 뜯어 먹고 있는 장면에서 나타나듯이 죽음, 어둠, 폭력 등의 이미지를 불러일으킨다. 끔찍하고 잔혹하고 두려운 느낌을 주기도 한다. 만약 이 동화가 정말 아이들을 위한 이야기라면 걱정 많은 어른들은 이 장면을 삭제하려 들지도 모른다. 실제로 〈그림 동화〉나 〈안데르센 동화〉처럼 그야말로 어린이를 위한 이야기로 둔갑해버린 민담에서는 이런 검열이 많이 일어났다. 지금도 성, 죽음, 폭력과 관계된 이미지는 검열 대상이다. 하지만 생명이 태어나고 살고 죽어가는 과정에는 꼭 유쾌하고 말끔한 일만 벌어지는 것은 아니다. 죽어가는 일은 유쾌하고 바람직한 일은 아니지만 그래도 모두가 겪어야 하는 과정이다. 검정은 생명의 죽음과 소멸을 암시하는 색이지만, 이러한 단계가 꼭 부정성만을 가지고 있는 것만은 아니다. 검은 숯이 그러하듯이 죽음과 소멸은 재생과 부활을 담고 있다. 숯이 미래의 불씨를 위한 것이듯, 검정은 종말이라기보다는 물러섬, 하강, 어둠의 단계로서 미래의 탄생과 부활을 위한 예비단계다. 검정의 세계가 지닌 이러한 양가성은 까마귀가 송아지의 시체를 뜯어먹는 장면에서도 암시적으로 드러난다. 송아지의 처지에서 보면 재앙이지만, 까마귀의 처지에서 보면 성찬이다. 생명은 생명을 먹으며, 그 먹고 먹히는 순환 속에 삶과 죽음,

기쁨과 슬픔의 역설이 자리하고 있다. 숯처럼 검은 머리칼이든 까마귀처럼 검은 머리칼이든 간에 이 장면은 검은 머리칼의 아름다움을 예찬하는 장면이 아니라, 새로 태어날 아이가 앞으로 경험하게 될 삶의 신비를 암시한다. 그러니 이 소원에는 아무런 잘못이 없다.

이 모든 것이 잘못된 소원이 아니라면 뭐가 잘못일까.

잘못은 소원의 내용에 있지 않다. 소원을 빌면서 그 소원을 열두 왕자와 바꾸려 했다는 점에 있다. "딸아이를 가질 수 있다면 열두 왕자를 주어도 아깝지 않을 텐데." 우리는 간혹 이런 식으로 소원을 빌기도 한다. "합격만 하게 해주십시오. 그렇게만 해주신다면 뭐든 하겠습니다." "살려만 주십시오. 그렇게만 해주신다면 시키는 건 뭐든 다 하겠습니다." 그리하여 소원은 이루어지고, 우리는 불행해진다. 기도가 아니라 거래를 제안한 것이기 때문이다. 당신의 신이 거래의 신이라면 이렇게 기도하는 것이 당연하다. 뭔가를 얻고 싶으면 대가를 바치라. 마치 우주에 거대한 환전소나 금융거래소가 있어서 소원과 성취 사이에 공정거래가 일어나는 것처럼 생각한다면 이런 식으로 소원을 빌어야 마땅하다.

이 세상에 생명이 이런 식으로 태어나는 것일까? 당신 앞에서 꽃이 피고 나무가 춤추는 것이 당신이 우주에 뭔가를 지불했기 때문에 일어나는 일일까? 거래의 신이 세상을 지배하고 나서는 해변에서 바다를 바라보기 위해, 숲에서 나무 향을 들이마시기 위해서도 우리는 요금을 지불한다. 그래서 돈 없이는 아무것도 못한다고 다들 난리다. 하지만 누군가가 이 세상에 태어나기 위해 다른 생명을 대가로 내놔야 한다고 생각한다면 이건 정말 무서운 착각이다.

왕비가 잘못된 소원을 말하는 바람에 열두 왕자는 사라졌다. 잘못된 소원도 이루어지기 때문이다. 부자가 되는 대가로 우정을 잃거나, 살아남는 대가로 노예가 되거나, 명예를 얻고 건강을 잃는다. 왕비는 원하는 딸을 얻었지만 열두 왕자들을 잃는다. 왕비는 어쩌다가 이런 어리석은 말을 내뱉게 되었을까.

사라진 남성

이 이야기에는 열둘이라는 수가 의미심장한 상징으로 등장한다. 〈그림 형제〉 판본에는 여섯 왕자로 그려져 있는데, 12가 6의 배수이니 의미는 비슷하다. 12의 세계는 모든 것이 균등하게 쪼개져 있지만 닫힌 세계다. 이 세계 속에서는 무엇인가가 들어오려면 다른 뭔가가 나가야 한다. 정해진 법칙대로 돌아가야 하기 때문이다. 딸이 태어나면 12의 법칙은 깨지고 불안정하며 알 수 없기 때문에 불길한 13이 도래한다. 하지만 이 세계에 딸이 꼭 필요함을 알고 있기 때문에 왕비는 이상한 소원을 말한다. '열두 왕자를 모두 주는 대신 공주 하나를 얻겠다.'

무엇인가를 대가로 다른 것을 얻겠다는 교환의 발상 자체가 합리적 세계의 특징이다. 게다가 아깝지 않다니. 이 한 마디 말로 왕비는 그동안 이 세계를 지탱해온 기존의 세계를 헐값에 팔아버린다. 잃어버린 여성성을 다시 복원하는 일이 남성성을 부정하는 것이 되어서는 안 된다. 여성혼이건 남성혼이건 한 쪽만으로 이루어진 세계는 불안정하며 위험하다. 상반되어 보이는 두 마음은 서로 보완될 때 건강한 세계를 구축할 수 있다. 여성혼과 남성혼이 서로를 해치지 않으면서 서로 협력하는 것을 일컬어 과거에는 '연금술적 결혼'이라고 불렀다. 왕비가 잘못 생각하는 바람에 미래를 이끌어갈 딸은 태어났지만, 안타깝게도 아들들은 백조가 되어 날아갔다. 로즈가 태어나 만난 세계는 오빠들이 사라져버린 곳이다. 이전 이야기에서 여성성이 실종된 세계는 삶의 생기와 아름다움이 사라져버린 딱딱한 세계라고 했다. 그렇다면 남성혼이 사라져버린 세계는 어떤 세계일까. 마리 루이제 폰 프란츠는 이곳을 일컬어 '핑크 파라다이스'라고 했다. 모두가 상냥하게 말하고 부드럽게 웃는다. 그리고 무엇보다도 친절하다. 이곳에는 예쁜 것들이 넘쳐나고 꽃 장식과 레이스가 넘실거린다. 아무도 싸움을 말하지 않고, 거친 것은 허용되지 않는다. 어쩌면 〈헨젤과 그레텔〉에 나오는 숲속 마녀가 지은 사탕과 과자로 만든 집이 이런 곳일지도 모른다. 남성혼이 실종되고 여성혼이 과잉 지배하는 곳은 겉으로는 달콤하고 부드러워 보일지는 모르지만, 탐식증적 어머니가 지배하는 세계다.

융은 여성혼의 본성을 에로스라고 한 적이 있다.[8] 그렇다면 이 세계는 오로지 사랑만이 허용되는 세계다. 더 나아가 규율도 제한도 없이 모든 욕망이 허용되는, 젤리처럼 흐물거리는 세계일 것이다. 물론 이런 세계는 실제로는 존재하지 않는 가상의 이미지일 뿐이다. 하지만 남성혼이 발달하지 못한 여성의 이미지는 오랫동안 서구의 소위 '명화' 속에 그려진 여성 이미지 속에서 넘실댄다. 텅 비고 멍한 표정으로 누군가를 기다리는 여성! 이런 여성 이미지가 마치 실제로 존재하는 여성의 전형인 것처럼 여기던 때가 바로 유럽의 고전주의 시대다.

여성 내부의 남성혼을 뜻하는 아니무스는 원래 정신, 스피릿spirit을 의미한다. 상대 개념인 아니마는 영혼soul을 의미한다. 중세의 연금술사들은 정신을 날개 달린 존재로 나타냈다. 우리의 정신이 제자리에 가만히 있지 못하고

KAY NIELSEN·25

이리저리 헤매며 들락거리니, 정신은 분명 날개가 달렸음에 틀림없다. 이것이 중세의 이미지 논법이다. 그러나 정신은 이렇게 붙들기 어렵고 불안정하기는 하지만 우리 의식에 빛을 가져다준다. 우리말에도 있지 않은가. 정신 차리라는 말이. 정신은 우리로 하여금 올바르게 생각할 수 있게 해주고, 사물을 환히 비춰보게 해주는 힘이다. 연금술사들은 정신이 인간 심리 내부에 물건처럼 붙박인 능력이라고 여기지 않았다. 그러니 날아다니는 정신을 잘 붙드는 것이 무엇보다도 중요했다. 융 학파에서는 여성 내부의 남성혼인 아니무스의 기능이 사고라고 주장한다. 논리적으로 생각하고 명확하고 합리적으로 사고할 수 있는 힘이 아니무스에 있다고 본 것이다. 그래서 아니무스의 기능을 로고스라고 부르기도 한다. 말과 논리를 작동시키는 힘이다. 융 학파에서 로고스적 능력이 여성의 경우에 무의식적으로 작용한다고 본 것은 아마도 과거 여성의 역할에서 이 부분이 발휘될 기회가 별로 없었기

정신은 새처럼 붙들기
어렵고 어디론가
날아가버리기도 하지만
우리 의식에 빛을
가져다준다.
Kay Nielsen, The Juniper
Tree, 1925

때문일 것이다. 융이 살던 시대와는 달리 지금은 남녀를 가리지 않고 언어 능력이 중요한 시대에 살고 있다. 그런 의미에서 융 학파의 아니마, 아니무스 이론은 그대로는 잘 맞지 않는다. 어쩌면 아니마, 아니무스라는 개념이 남성, 여성에 교차로 적용될 것만은 아닌 듯하다. 성차를 배제한 상태에서 인간 누구에게나 사용되어야 하지 않을까. 남성이건 여성이건 상관없이 때로는 로고스가 때로는 에로스가 의식화되지 않은 채 부지불식간에 무의식적으로 작용하는 경우가 더 많기 때문이다.

우리의 이야기 속에서 오빠들이 백조로 변해 날아갔다는 것은 이 세계에 아니무스가 새가 되어 날아갔다는 뜻이다. 바꿔 말하면 정신이 어디론가 날아가 버렸다는 의미다. 정신이 새처럼 날아가 버리면 어떤 일이 벌어질까. 말할 것도 없이 멍해진다. 바보가 된 상태라고 생각하면 된다. 그러나 이 상태는 당신이 떠올리는 것처럼 아무것도 모르는 백치 상태를 말하는 것이 아니다. 아니무스가 백조로 변해 날아가 버린 상태는 오히려 정반대일 수도 있다.

백조가 돼버린 사람들

● 무엇보다도 백조가 어떤 이미지를 가진 새인지 살펴볼 필요가 있다. 모든 상징은 경험적 이미지에서 생겨나기 때문이다. 백조는 잔잔한 호수에서 유유히 떠다니다 날씨가 추워지면 바다 멀리 날아 따뜻한 곳으로 옮겨가는 전형적인 철새다. 북반구 하늘에 백조자리는 지상의 백조처럼 한여름 밤하늘을 밝히다 가을이 되면 사라진다. 백조를 태양과 관련된 새로 여겼기 때문이다. 그리스 신화에서는 태양신 아폴론이 태어날 때 일곱 마리 백조가 하늘로 날아올랐다는 이야기가 있다. 햇살이 약해지고 추워지는 늦가을이 되면 호수에 살던 백조들은 태양을 따라 남쪽 나라로 떠난다. 그리스 신화 속에서

백조는 또한 제우스가 변신한 새로 알려져 있기도 하다. 천신인 제우스가 백조로 변해 스파르타의 공주 레다를 임신시켜 태어난 이가 바로 트로이 전쟁의 원인이 된 헬렌이다.
새들은 대체로 하늘이나 태양에서 온 메신저의 상징으로 여겨진다. 그런데 다른 새와는 달리 백조가 특별한 것은 조용하기 때문이다. 아침저녁으로 깍깍대는 수다스러운 까치나 사랑을 나누느라 구구대는 비둘기와 달리 백조의 울음소리를 듣기란 힘들다. 그래서 사람들은 백조가 죽기 전에 딱 한 번 운다고 생각했다. 백조가 삶의 절정에 이르기 전까지 웬만해서는 소리 내지 않으며 조용하게 일생을 지낸다는 믿음이 생긴 것이다.
고대 켈트족은 백조가 영혼을 상징한다고 생각했다. 그래서 드루이드교 사제들은 의례용 복장에 백조의 깃털을 꽂았는데, 그 위치가 목 부분이다. 백조의 깃털로 장식한 옷을 입은 사제는 아마도 중요한 일이 아니면 말하지 않았을 것이며, 많은 시간을 침묵 속에서 지냈을 것이다. 켈트 신화에는 마법에 걸려 백조로 변한 아이들에 대한 이야기가 있다. 이 이야기 속에서는 백조로 변한 아이들이 무려 900년 동안이나 백조로 살아야했다고 전해진다. 아이들이 다시 사람으로 돌아오려면

켈트 신화 속 마법에 걸린
아이들은 900년 동안이나 백조로
살아야 했다. 새로운 신이 오면
그들은 다시 사람으로 되돌아와
잃어버린 목소리를 찾게 될
것이다.
John Dunkan, Children of Lir, 1934

새로운 신이 도래해야한다고 한다. 이들이 기다린 새로운 신은 아마도 아이들의 잃어버린 목소리를 다시 되찾아 줄 수 있는 신일 것이다.

여러 신화를 종합해보면 이야기 속 백조로 변한 오빠들은 목소리를 잃어버린 채 하늘이나 태양을 향해 날아가버린 슬픈 정신을 나타내는 것으로 보인다. 이들은 지상에서 거부당했기 때문에 백조로 변한 것이다. 백조와 같은 정신이라면 아마도 초월적이고 이상적이어서 탈속한 느낌을 주기도 할 것이다. 정신의 고향이 하늘이니 하늘로 돌아간 정신일 테고, 땅 근처 물가에 있을 때도 세상의 잡스러움과 어느 정도 거리를 두고 조용하고 우아하게 떠다니는 정신일 것이다. 이런 정신을 지녔다면 아마 아름다워 보일 수도 있으리라.

실제로 세상이 너무 혼탁하거나 냉혹해지면 우리의 정신은 세상에 섞여 살기 힘들어져 백조처럼 다른 세계를 향해 멀리 날아갈 수도 있다. 백조가 추위로 인해 여름철에 머물던 물가를 떠나는 것처럼 정신 역시 세상이 얼어붙으면 먼 곳을 향해 날아간다. 그래서 세상이 냉혹해지고 온기를 잃어버리면 정신은 다른 세상을 찾아 날아가고 싶어 한다. 그래서 하늘로 비상하는 꿈은 집단 무의식을 사로잡는 오래된 꿈 중에 하나였다.

정신이 새처럼 날아오르기를 꿈꾸는 때는 언제일까? 지금의 현실이 냉혹하고 감옥에 갇힌 것처럼 갑갑할 때다. 이상의 소설 〈날개〉 마지막 부분에 등장하는 유명한 구절을 기억할 것이다. "날개야 다시 날아라. 날자, 날자, 날자. 한 번만 날자꾸나. 한 번만 더 날아 보자꾸나." 암울한 현실의 정신적인 출구처럼 여겨지는 문장이다. 정신의 비상은 그 자체로는 문제가 없다. 그러나 정신은 날아가 버리는 것이 아니라 다시 땅으로 돌아와야 한다. 우리는 이 혼탁하고 끈끈한 세계 속에 발을 딛고 살아야 하는 인간이기 때문이다.

정신이 백조처럼 되어버린 사람은 어쩌면 꽤 지적이고 스마트한 사람일 수도 있다. 낭만주의 시대의 시인들처럼 먼 이상을 꿈꾸며 세상을 한탄할 수도 있다. 무엇보다도 그는 인간의 구질구질하고 질척거리는 정념과 장터의 아귀다툼, 그리고 까마귀가 도살한 송아지를 뜯어먹는 것과 같은 삶의 끔찍함으로부터 거리를 두고 싶어 하는 사람일 것이다.

그리하여 삶의 무시무시함과 끔찍함이 정신을 백조로 만들어 이 세상에서 내쫓는다.

정신이 백조가 되면 아름답기는 하겠지만 세상과 유리되어 있을 수밖에 없다. 우리의 정신은 새처럼 높은 하늘로 날아오르지만, 다시 지상으로 돌아와 인간의 삶을 살아야 한다. 하지만 백조로 변한 정신은 이 세상을 살아가는 데 무력한 정신이다. 그는 먼 하늘을 바라보고 멀리 비상하여 낯선 하늘을 여행하지만, 눈앞에 벌어진 일들도 해결하지 못하는 무력한 인간이다. 어쩌면 소설 〈날개〉의 주인공처럼 그는 현실에서 벌어지고 있는 참혹함을 애써 못 본 척 외면하고 있을지도 모른다. 이 상태는 멋지게 보일지는 모르지만 일종의 망상에 빠져 있는 상태다.

이 세상을 태양처럼 밝고 하늘처럼 환하게 비춰줄 정신이 백조가 되어 날아가 버린 세계는 그리하여 더 끔찍하고 더 참혹하며 정념의 끈적끈적함에 사로잡혀 사리분별이 불가능한 세계로 퇴화한다. 이런 세계가 바로 로즈가 태어나 맞닥뜨린 세계다.

길 떠나기

● 로즈는 아무한테서도 진실을 듣지 못했지만, 뭔가 이 세계에 큰 문제가 있다고 느낀다. 우리가 사는 이 세계에 문제가 있다는 것은 당신도 알고 나도 안다. 아이들은 정신이 깨어나는 시기가 되면 세계의 거짓과 위선, 악에 눈을 뜨게 되고 크게 절망하여 혼란에 빠지기도 한다. 아마도 그 시점은 열네 살이나 열다섯 살쯤 될 것이다. 어른들은 세상에서 가장 무서운 존재가 중학교 2학년생이라고 말하지만 실은 가장 깨어있는 시기가 바로 이때다. 이 어지럽고 혼탁한 세상에 아무것에도 상처받지 않고 웃기만 하는 십대라면 아마 정신병을 갖고 있거나 심한 발육부진 상태일지도 모른다.

말도 안 될 정도로 잘못된 이 세상을 보고 아무 문제가 없다고 느끼거나, 어른들의 소망처럼 오로지 미래의 성공 신화에만 매달려 경주마처럼 달리기만 하는 아이가 있다고 치자. 내 생각으로는 그 아이의 영혼 어딘가에 심각한 장애가 있음이 틀림없다. 영혼이 아직 잠들지 않은 아이라면 누가 이야기해주지 않아도 분명 이 세상에 문제가 있다고 느낄 것이다. 로즈처럼 말이다. 로즈는 그래서 안전한 보금자리인 성을 떠난다. 말하자면 탐색 여행을 떠나기로 한 것이다.

고대 원시 부족사회에서는 아이들이 성인의 문턱에 섰을 때 성인식이라는 것을 치렀다. 성인식은 꽃과 케이크를 나누며 축하하는 그런 단순한 기념식이 아니다. 어른이 된다는 것은 삶의 고통을 마주할 용기와 그 속에서도 자기 자신을 잃지 않을 수 있는 힘을 경험하는 것이다. 삶은 고통과 비애를 숨기고 있다. 그런데도 그 어려움과 맞닥트리지 않으면 앞으로 나아갈 수 없는 신산스러운 것이다. 그런 의미에서 성인이 될 10대 후반의 아이들은 앞으로 자기 앞에 펼쳐질 어려움을 상징적으로라도 미리 맛보는 체험을 해야만 했다. 그중 하나가 여행이다.

성인식을 위한 탐색 여행은 관광이 아니다. 북미 인디언

부족 사회에서는 아이에게 식량을 조금만 챙겨서 낯선 황야로 보냈다. 아이는 낯선 세계를 홀로 가야 하는 두려움과 마주했고, 혹독한 환경에서도 자신의 지혜와 힘에 의지해 무사히 귀환해야만 했다. 그 과정에서 아이들은 말로는 알 수 없는 무엇인가를 배웠다. 성인식을 잃어버린 지금의 우리는 대학입시나 취업 전쟁과 같은 경쟁만으로 혹독한 시련을 치를 뿐이다. 혹독하다는 점에서는 과거의 성인식과 비슷해 보이지만 이러한 과정에는 삶이 감추고 있는 영적인 빛의 경험이 동반되지 않는다.

영적인 성인식을 거치지 못하고 성인이 된 어른은 뒤늦게 삶에서 무엇인지 모르지만 중요한 것이 결여되어 있음을 깨닫는다. 경쟁에서 이기고 성공지향적인 삶을 사는 사람도, 그 반대로 경쟁에서 밀려나 억지로 삶의 역량을 축소할 수밖에 없는 사람도 모두 마찬가지다. 경쟁에서 승리하지 못한 사람들은 삶의 불만이 바로 그 실패에서 비롯된다고 여기고, 자신의 처지를 한탄하거나 세상의 구조적 모순을 비난한다. 삶의 의미보다는 하루하루의 생존이 더 문제다. 이 상황에서 삶의 영적인 의미라니, 정말 배부른 소리처럼 여겨질 것이다. 그와 반대로 인생의 탄탄대로를 걷고 있다고 자부하는

인생에는 탐색의 길을 떠나야
할 때가 있다. 그때 필요한 것은
새로운 것과 마주할 용기와
정신의 밝은 빛이다.
Ivan Bilibin, Vasilisa the
Beautiful, 1899

사람들은 어느 지점에 이르면 권태에 빠진다. 이것도 재미없고 저것도 재미없다. 이것도 시들하고 저것도 시들하다. 삶의 권태는 그를 강한 자극으로 이끈다. 도박, 마약, 폭력, 섹스 등 감각을 바짝 긴장시키고 흥분시키는 것을 찾아 모든 것을 건다. 긴장과 흥분을 찾아 불나방처럼 떠도는 이들이 실제로 갈구하고 있는 것은 영혼의 빛과 삶의 의미다.

어느 쪽이든 나이가 들었다고 정말 어른이 됐다고 할 수 없는 경우다. 그리하여 어느 날 삶의 불만이 더 이상 무시할 수 없을 정도로 커져 폭발할 지경이 되면 드디어 때가 온 것이다. 그때 내면에서는 이런 외침이 들려온다. '이렇게 살 수는 없어!' 그 순간 우리는 영화 〈먹고 사랑하고 기도하고〉의 주인공처럼 목욕탕 바닥에 주저앉아 통곡하게 될지도 모른다. 또는 모두가 잠든 새벽에 조용히 집을 나오게 될지도 모른다.

이때 고대 부족사회에서 젊은이들이 나섰던 탐색의 길을 어른이 되어서 떠나게 된다. 삶에 문제가 있으니 무엇이 문제인지, 어떻게 하면 그것을 해결할 수 있는지 알아보자는 것이다. 이 순간이 바로 로즈가 길을 나선 순간이다. 그때가 언제가 될지는 정해진 바가 없다. 지금은 인생의 통과의례를 무엇보다 중시하던 고대 부족사회도 영성공동체 사회도 아니다. 당신이 사춘기 아이가 아니라 낼모레 정년을 앞둔 중년이든 사춘기 아이를 키우는 학부모이든 상관없다. 언제든지 내면에서 '이렇게 살 수는 없어!'라는 외침이 들리는 순간 삶은 흔들리고 당신은 다른 차원으로 여행을 떠나야 한다. 로즈는 빵 한 덩이만 들고 길을 떠난다. 당신이 탐색의 길에 나섰을 때 필요한 것은 이전의 삶을 그대로 변함없이 유지시켜 줄 커다란 짐이 아니다. 당신이 혹시 순례 여행을 나서려고 한다면 아마도 거지처럼 돌아다닐 각오를 해야 할 것이다. 순례 여행은 편안하고 쾌적하게 유람하는 여행이 아니다. 당신이 얼마만큼의 짐을 스스로 지고 갈 수 있는지, 당신의 두 발로 얼마만큼이나 걸을 수 있는지가 중요할 뿐이다. 만약 인스타그램에 자랑스럽게 올리려고 순례 여행을 떠나는 거라면 당장 그만둘 일이다.

탐색의 길이 꼭 실제 여행일 필요도 없다. 영적 탐색을 위한 길은 산티아고 데 콤포스텔라에만 있는 것은 아니다. 중요한 것은 당신이 낯선 길을 걸어야 한다는 점이다. 그러니 한번도 해보지 않은 일을 하는 것도 탐색의 길을 걷는 것이다. 당신이 집처럼 여기던 삶의 방식과 환경과 관계를 뒤로 하고 낯선 장소, 낯선 방식, 낯선 관계로 진입하는 것이 탐색의 길을 걷는 것이다. 그래서 로즈는 낯선 숲속에 들어가자 바로 길을 잃어버린다.

뭔가를 찾아 나선 사람이 길을 알 수 있을까? 정해진 길로 가고자 했다면 아예 낯선 숲으로 들어가지도 않았을 것이다. 영적 탐색은 정해진 루트가 없다. 만약 누군가가 나타나 정해진 스케줄을 모두 거치면 당신의 영혼이 구원받을 거라고 한다면 그곳이 어디든 당장 거기서 나와라. 대체 누가 당신의 길을 대신 알아봐줄 수 있다는 말인가. 당신이 걸어야 할 길을 미리 알고 있는 사람은 아무도 없다. 그 길은 당신이 걷기 시작할 때 비로소 생겨나는 길이기 때문이다. 길 없는 이 길에서 당신을 도울 사람은 뭘 해주겠다고 다가오는 사람이 아니라 거꾸로 당신의 도움을 필요로 하는 사람이다.

익숙한 세계에는 존재하지 않는 것, 이 세계가 잃어버린 것을 찾아나서는 이야기는 수없이 많다. 성배를 찾아 헤매는 중세 유럽의 기사들 이야기도 그렇다. 더 거슬러 올라가면 그리스 신화에 나오는 황금 양털을 찾으러 떠났던 아르고호 원정담도 그렇다. 가깝게는 약을 찾아 지옥까지 갔다 온 바리데기 이야기도 있다. 많은 탐색 여행담에 빠지지 않고 등장하는 이가 있다. 바로 변신한 신들이다.

이들은 빛나는 신의 모습으로 등장하는 것이 아니라 뭔가 도움을 필요로 하는 초라한 사람으로 나타난다. 바리데기는 빨래를 대신 해달라는 할멈을 만나고, 그리스 신화에 나오는 아르고호의 영웅 이아손Iason은 강을 건널 수 있게 도와달라는 할멈을 만난다. 아서 왕 영웅담의 주인공인 성배의 기사 퍼시벌Perceval은 병들어 고통스러워하는 어부왕을 만난다. 이들은 모두 여행자가 찾고 있는 바로 그것, 보물을 찾을 수 있는 열쇠를 쥔 이들이다. 당신이 잃어버린 영혼의 보물을 찾고 있다면 길에서 만난 허름하고 힘없고 하찮아 보이는 이가 열쇠를 쥐고 있을 것이다. 그러니 그들을 도와라. 신은 때로는 거지로, 무기력한 노인으로, 때로는 길 한가운데서 피 흘리고 있는 작은 새로 나타나기도 하니까.

로즈는 배고픈 할머니에게 빵을 나눠준다. 빵을 받은 할머니는 신의 말을 대신 전해준다. "물길을 따라 강 끝까지 가면 바다가 나올 거야. 그 바닷가에 백조들이 살고 있단다. 아마 네 오빠들을 만날 수 있을지도 모르겠구나."

물을 따라가라

● 산에서 길을 잃으면 물길을 찾으라는 말이 있다. 물은 아래로 흐르니 물길을 따라 가면 산에서 무사히 내려올 수 있게 되리라는 말이다. 로즈가 길을 잃은 숲에서도 물이 안내한다. 이전에 살펴본 왕자들의 이야기 속에서도 지상에서 사라진 여성들이 물가에 사는 동물인 두꺼비로 변해 땅속에 숨어 있었다. 백조로 변한 남성 역시 물가에 가야 찾을 수 있다. 백조도 두꺼비처럼 물 근처에 산다.

호수나 강, 바다와 같은 물의 장소들은 신화나 꿈처럼 원형적인 이야기 속에서 우리 내면의 감정과 느낌의 차원을 상징한다. 감정이나 느낌은 물처럼 '젖어들고', '스며든다.' 또한 감정에

'빠지고', 빠져서 '허우적거리기'도 한다. 슬픔이나 그리움에 젖고, 사랑에 빠지며, 분위기에 스며든다. 감정은 물처럼 일렁거리고 마음을 온통 적시기도 한다. 사랑에 빠지는 것은 물에 빠지는 것과 비슷하다. 그러니 당신 가슴에 사랑의 감정이 넘실거릴 때 바다로 가고 싶어질지도 모른다. 연인들은 바다로 간다. 사랑이 향할 곳을 세상에서 찾지 못한 이들도 바다로 간다. 당신이 꿈속에서 출렁이는 바다를 보았다면 마음 속 깊은 곳 어디선가 자리 잡고 있는 사랑이 당신을 부르고 있는 것이다.

로즈는 익숙한 성을 나와 낯설고 혼란스러운 숲으로 들어섰다. 성이 도시와 같은 인공의 장소라면, 숲은 자연의 장소다. 삶에서 잃어버린 것을 찾으러 숲으로 간다는 것은 당신이 그동안 외면해온 내면이라는 자연 속으로 들어간다는 뜻이기도 하다. 판에 박힌 생각이나 습관을 뒤로 하고 본능과 직감과 예감에 귀 기울여야 하는 차원에 들어섰다는 뜻이다.

물이 있는 곳은 우리 안의 감정과 느낌의 세계를 상징한다. 사랑에 빠지는 것은 물에 빠지는 것과 비슷하다.
John Dickson Batten, The Sea Maiden, 1892

The Sea Maiden

우리는 동물과 비슷하게 예민한 감각과 직감을 가지고 있다. 하지만 오랫동안 이런 능력을 쓰지 않고 살아왔기 때문에 어른이 되면 대체로 많은 능력을 잃어버리기도 한다. 그러니 이런 능력을 새롭게 깨우기는 쉽지 않다. 직감보다는 생각이 앞선다. 그것도 가닥을 잡을 수 없을 정도로 엉킨 생각이 어수선하게 직관을 가로막고 있는 경우가 많다. 이것이 숲속에서 길을 잃은 상태다.

이 어두운 숲속에서 샘을 만난다면 당신은 혼란 속을 헤매다 생각을 내려놓고 쉴 자리를 찾게 되리라. 로즈는 이 자리에서 물을 마시고 얼굴을 씻고 가져온 빵을 먹으며 앉아서 쉬었다. 할머니를 만난 곳도 이곳이다. 그러니 당신도 인생에서 길을 잃고 헤맬 때 샘을 찾아 물을 마시고 얼굴을 씻고 음식을 나누라. 아니면 가던 길을 멈추고 잠시 쉬는 자리에서 얼굴을 씻고 음식을 나눌 때 샘이 솟아날 수도 있다. 어쩌면 샘을 찾는 것보다 당신이 샘이 되는 쪽이 더 빠를지도 모른다. 당신을 괴롭히는 인생의 문제를 잠시 잊고 친구를 초대하고 작은 파티를 열어보라. 초대받은 친구가 문제를 해결할 수 있는 답을 알려줄지도 모른다.

일단 물이 솟기 시작하면 모든 물은 바다를 향해 흐른다. 모든 물이 만나는 물의 본향이자 모든 생명의 어머니인 바다, 사랑이 시작되고 사랑이 되돌아가는 바다로 가는 길이 시작된다.

로즈는 바닷가에서 드디어 사라진 오빠들을 만난다. 백조가 되어 사라진 오빠들은 낮이면 어디론가 날아갔다 밤이 되면 바닷가 집으로 사람이 되어 돌아온다. 오빠들이 밤에라도 사람으로 돌아온다니 다행이다. 내내 백조로 머물러 있다면 알아보지도 못했을 테니 말이다. 하지만 오빠들은 여동생을 만나자 기뻐하기는커녕 공포에 질려 소리친다. "우리는 처음 만난 여자아이를 죽이기로 맹세했어. 그 여자아이 때문에 불행이 찾아왔거든!"

여성 혐오

● 오빠들이 마법에 걸린 게 어머니의 잘못된 소원 때문이었으니 이들의 말이 어쩌면 당연한지도 모른다. '너 때문에 우리가 이렇게 되었으니 당연히 네가 없어져야 해'라는 말이다. 하지만 먼 길을 헤매면서 오빠들을 찾아온 여동생이 아닌가. 이들도 마음 저 깊은 곳에서는 언젠가 여동생이 찾아오기를 바랐을지도 모른다. 하지만 이들은 마치 오랫동안 아무도 꺼내주지 않아 화가 잔뜩 난 병 속의 요정처럼 여동생을 죽여버리겠다고 한다. 이때 또다시 할머니가 나타난다. "잘못된 맹세는 깨트려도 된다."

자신들을 찾아온 여동생을 죽여야 한다고 생각하는 남자가 실제로도 있다. 물론 여기서 여동생이란 실제의 여동생이 아니라 남성 내부의 여성성이다. 또는 자신의 여성성을 되비춰 줄 바깥의 여성이다. 여성적인 것에 대한 혐오 반응이 전형적인 경우다. 자기 내부에 여성적이라 여겨지는 성격이 있다면 빨리 극복해야 한다고 생각한다거나, 그렇지 않으면 스스로 열등하다고 믿는 경우다. 요즘은 성 역할에 대한 고정관념이 많이 사라졌을 뿐 아니라 과거에 여성적으로 여겨졌던 태도나 행동이 오히려 보편적으로 권장되기도 하는 시대다. 그러니까 이런 이야기가 얼른 와 닿지 않을지도 모르겠다. 그러나 마음 한켠에 무의식적으로 자리 잡은 여성 혐오는 타인을 향해 분노나 증오가 일어날 때 슬그머니 고개를 드는 경우가 많다. 여성 혐오는 나약함이나 수동성에 대한 분노로, 또는 감정적인 태도에 대한 분노로 나타나기도 한다. 누군가가 뭔가 빨리빨리 해결하지 못하고 우물쭈물할 때 당신이 화가 난다거나, 객관적 사실보다는 사실에 대한 느낌을 더 중요하게 생각하는 사람, 정에 이끌려 냉정해지지 못하는 사람을 열등하게 여기고 있다면 당신도 어쩌면 내면의 여성성을 탐탁해하지 않는 사람일지도 모른다. 또는 설명되지 않는 것에 신경질적인 반응을 보인다거나, 관능과 매혹에 대해 불안한 시선을 던진다면 어쩌면 내면의 여성성에 대한 공포를 가지고 있을지도 모른다. 사실 내면의 여성성 문제는 여성에 대한 평가나 여성의 사회적 지위 문제와는 조금 다른 차원이다. 융은 내면에 자리 잡은 여성상이 어머니 원형의 이미지에서 비롯된다고 말한 적이 있다. 원형으로서의 어머니 이미지는 실제 어머니가 아니라 무의식 깊은 곳에 자리 잡은 보편적인 어머니 상이다. 어머니 원형의 이미지는 고정되어 있는 것이 아니라 시대에 따라 집단에 따라 다르게 나타난다. 그 모습이 어떤지 알려면 당대의 예술작품이나 성상을 찾아보면 된다. 유럽의 성당마다 자리 잡은 성모마리아 상이나 박물관에 안치된 고대 여신상을 보면 어머니 원형의 이미지를 만날 수 있다.

태고의 여성상은 얼굴이 무시된 채로 임신한 듯이 보이는 커다란 배와 젖가슴을 지닌 모습으로 남아 있다. 원시적인 여성의 원형은 임신하고 양육하는 존재일 뿐이었기 때문이다. 성모마리아로 그려진 여성 원형은 자애롭고 정숙한 젊은 여성이다. 하지만 고대의 여신이 당당하고 자랑스럽게 드러내던 젖가슴과 배꼽은 감춰지고, 성의 관능도 사라진 채 오로지 자애로운 사랑만을 베풀 것 같은 슬픈 여성상으로 남아 있다.
고대 신화에는 다양한 여성상이 등장한다. 딸을 잃어버리고 세상을 헤매는 여신도 있고, 관능과 아름다움과 연애를 좋아하는 여신도 있다. 바람둥이 남편을 단속하느라 늘 눈을 부릅뜨고 있는 결혼의 여신도 있다. 또한 사람을 죽을 때까지 뒤쫓아 다니며 저주를 퍼붓는 복수의 여신도 있고, 슬픔에 빠진 여신을 위해 아랫도리를 드러내 웃게 만드는 여신도 있다. 아버지와 전쟁을 좋아해 늘 군장을 한 여신도 있고, 그 여신의 심술로 머리카락은 뱀으로 변하고 눈이 마주치는 사람을 돌로 변하게 만드는 무시무시한 여신도 있다. 신화를 가득 채우는 이 수많은 여신과 여성 괴물은 모두 융과 에리히 노이만Erich Neumann이 말한 어머니 원형의 이미지다. 그러니 어머니 원형이 모두 성모마리아처럼 단정하고 신사임당처럼 품위 있는 것은 아니다. 또한 수많은 남성작가가 우상처럼 떠받드는 자식사랑과 자기희생으로 점철된 모성 이미지만 있는 것도 아니다.
동화 속 등장하는 어머니는 대체로 일찍 죽거나 아니면 못된 계모의 모습으로 나타난다. 이들은 주로 아이들을 핍박하거나 죽이거나 잡아먹는다. 〈가시공주〉의 열세 번째 여자마법사나

〈헨젤과 그레텔〉의 마녀, 〈백설공주〉의 새엄마 등은 모두 아이들을 죽이려 한다. 자애로운 어머니는 대체로 일찍 세상을 떠나는 것으로 설정되어 이야기 속에서 사라진다. 동화 속 어머니는 어쩌다가 이렇게 무섭게 그려지는 것일까?
동화 연구가인 브루노 베텔하임Bruno Bettelheim은 아이가 자아의식이 생기는 일곱 살 즈음에 어머니와 불화하게 되면서 아이를 잡아먹는 무서운 어머니 상이 만들어진다고 한 적이 있다. 어머니와의 관계가 이전과 달라지면서 어머니 상의 분열이 일어나고, 아이의 의지에 반대하는 어머니 상이 계모로 둔갑한 것이라는 이야기다. 또한 잡아먹는 어머니의 이미지는 아이들의 구강기 환상과 관계되어 있다고 말한다.[9] 그럴 수도 있을 것 같다. 하지만 베텔하임의 해석이 놓친 부분도 있는 것 같다. 내 생각에 고전 동화에 주로 등장하는 나쁜 어머니 상은 여성에 대한 근대적 의식이 낳은 그림자처럼 보인다. 융의 어법으로 말하면 에로스에 대한 근대적 억압이 낳은 하나의 징후로 보인다는 거다.
백조로 변한 오빠들이 여동생을 만나자마자 죽이기로 했다는 말은 이 동화가 탄생한 당시 남성 내면의 여성성에 대한 태도로 읽힌다. 오빠들을 백조로 만든 원인은 어머니의 잘못된 소원 때문이었다. 여동생에 대한 증오는 어머니에 대한 증오다. 처음 만난 여자아이를 죽이면 아들은 어머니에게 복수하는 셈이다. 그림 형제 판본에서는 형제들을 백조로 만든 이가 계모로 그려진다. 여기서는 어머니의 그릇된 소원이 문제가 아니라 처음부터 나쁜 어머니의 사악한 의도로 묘사하고 있다.
동화 속 나쁜 어머니는 다양하게 악하다. 〈헨젤과 그레텔〉의 계모처럼 먹을 것을 주지 않거나, 과자로 만든 집의 마녀처럼 달콤한 음식으로 살찌워 잡아먹기도 한다. 〈신데렐라〉의 계모처럼 굶기고 일만 시키기도 하고, 〈백설공주〉의 계모처럼 질투심에 사로잡혀 있기도 하다. 〈인어공주〉의 마녀처럼 목소리를 빼앗기도 하고, 사내아이들을 백조로 만들기도 한다. 마녀로 나타나든 계모로 나타나든 모두 나쁜 어머니의 다른 표현이다. 마리 루이제 폰 프란츠는 나쁜 어머니를 무의식에 내재한 부정적인 마더 콤플렉스의 표현으로 해석한다.
마더 콤플렉스는 말 그대로 어머니에 대한 왜곡된 심리적 고착 현상이다. 내면의 부정적인 어머니 원형이 마음을 붙들고 있어서 일상생활 속에서 말하고 행동하는 데 뭔가가 자꾸 걸리적거린다. 예컨대 실제 어머니가 옆에 있는 것도 아닌데 뭘 하려고 할 때마다 어머니의 목소리가 떠오른다거나 어머니의

무서운 어머니는 딸을 세상과 단절시켜 고분고분하고
순종적이 되라는 메시지에 가둔다. 딸은 어머니의 자랑거리가
되지 않기로 할 때 성에서 탈출할 수 있다.
Walter Crane, Rapunzel, 1914

잣대로 말하고 행동하고 있다면, 내면의 어머니가 자기 자신을 조종하고 있는 셈이다. 내면의 어머니의 목소리라고 자각할 수도 있지만 대부분 자각하고 있지 않을 때 더 문제를 일으킨다. 내면의 어머니가 하는 잔소리가 너무 심하면 그 목소리에 사로잡히지 않으려 어머니의 힘이 닿지 못하는 곳으로 도망치고 싶어지기도 한다.

내면의 어머니는 메시지를 보낸다. 〈신데렐라〉의 계모처럼 딸에게 자기희생적으로 일만 하라고 다그치거나, 〈백설공주〉의 계모처럼 딸이 성적으로 아름다워서는 안 된다고 협박하기도 한다. 〈라푼젤〉의 계모처럼 딸을 성에 가둬놓고 세상과 단절시키기도 한다. 어머니가 정해놓은 대로 살지 않으면 안 된다고 생각하게 되는 것이다. 이런 이야기들은 대체로 딸의 내면에 자리 잡은, 어머니가 만들어놓은 불안에 대한 이야기다. 딸은 내면의 무서운 어머니가 보내는 메시지에 따르면서 순종적이 되고 희생적이 되며 자신을 세상과 단절시켜 좁은 울타리 속에 가둬놓기도 한다. 그리하여 그들은 자신이 항상 옳다고 생각하는, 착하기만 한 딸로 성장한다.

여성의 내면이 성장하기 위해서는 무서운 어머니의 메시지에서 벗어나야 한다. 내면의 성장은 사회적 도덕률을 반성 없이 내면화하면서 고분고분한 사람이 되는 것이 아니다. 자신이 누구인지, 자신이 어떻게 생각하고 어떻게 말하고 행동하는지 자각해가는 과정이다. 그런 가운데 삶의 선택을 스스로 명확히 해나가는 과정이다. 그런 의미에서 이 이야기 속 여주인공은 내면에서 울리는 깊은 영혼의 목소리에 따르는 사람이다. 어머니의 집인 안락한 성에서 스스로 나와 사라진 오빠들을 찾겠다고 다짐했으니 말이다.

삼키는 어머니

아들은 딸과는 다른 방식으로 무서운 어머니를 경험한다. 아들 내면에 있는 어머니는 아들의 자기희생을 요구하거나 아름다움을 질투하지는 않는다. 무서운 어머니는 아들을 살찌워 잡아먹거나 끈적끈적하고 축축한 감정으로 옭아매거나 아니면 아들의 연인을 삼켜버리는 무시무시한 파충류 괴물로 나타난다. 〈헨젤과 그레텔〉의 마녀는 온통 케이크와 과자로 만들어진 집의 주인이다. 언제나 달콤한 것을 베푸는 친절한 어머니 같지만, 달콤한 어머니의 집에서 딸은 집안일을 혼자 떠맡고 아들은 감옥에 갇혀 살찌고 있다. 〈헨젤과 그레텔〉의 마녀는 아들을 잡아먹는 나쁜 어머니의 원형을 표현하고 있다.
아이를 굶기는 어머니만 나쁜 게 아니다. 지나치게 먹이는 어머니도 나쁘다. 어머니 원형은 먹는 것과 관계된다. 엄마는 '맘마'다. 아이는 엄마 젖을 빨며 엄마를 만나니까 어머니 원형은 당연히 먹는 일과 연관된다. 무의식에는 주객의 구분이 희미하므로 먹는 주체와 먹히는 대상은 자주 뒤바뀐다. 그래서 어머니 원형은 음식으로 나타나기도 하고 식욕으로 나타나기도 하며 잡아먹히는 이미지로 나타나기도 한다. 과자와 케이크로 만든 집이나 잡아먹는 마녀는 음식으로서의 어머니의 이중성을 나타낸다. 어머니는 잡아먹히거나 잡아먹는다. 그래서 신화 속에 등장하는 삼키는 괴물은 모두 원초적인 어머니 원형이 가진 부정적 면모를 나타낸다. 남성 영웅은 침을 흘리는 거대한 입을 지닌 끈적거리고 축축한 괴물과 맞닥뜨려 싸운다. 원초적 어머니가 가진 삼켜버리는 힘과 대적해 이기지 못하면 삶에서 주도권을 잃어버리기 때문이다.
자식을 집어삼키는 어머니는 실제로 자식에게 지나치게 집착한다. 과도한 애정은 모자라는 애정보다 더 위험하다. 화분에서 자라는 식물은 때로 물이 너무 많아 죽기도 한다.

목말라 죽는 것이 아니라 썩어 죽는다. 아이는 어머니 배에서 나오면 이미 하나의 분리된 인격체다. 성장은 서서히 어머니와 분리되는 과정이기도 하다. 그러나 많은 어머니들이 내면에서 자기 자신과 아이를 하나의 인격체로 느낀다. 몸은 분리되었지만 심리적 분리는 더디게 일어난다. 비록 느리지만 어머니와 아이는 점차 분리되어야 한다. 아이의 성장은 아이가 독립하는 과정이기도 하다. 하지만 이 과정은 아이뿐 아니라 어머니의 입장에서도 고통이 뒤따른다. 어머니가 이미 성장한 자식을 자신의 일부로 여길 때, 자식은 어머니로부터 탈출하기를 꿈꾼다.

사내아이들은 무서운 어머니로부터 벗어나기 위해 백조가 되기도 한다. 물 위를 유유히 떠다니지만 물에 젖지도 않으며, 늘 하늘과 태양의 움직임을 따라다니는 말없는 하얀 새 말이다. 백조가 된 사람은 먹고 싸는 세계, 침이나 피처럼 끈적거리고 질척거리는 원초적인 어머니의 세계로부터 멀리 도망친다. 더 나아가 '핑크 파라다이스'로부터도 멀리 도망친다. 사랑이 이들을 질식시키기 때문이다. 그리하여 건조하고 딱딱하며 아무런 촉감도 냄새도 없는 세계로 도망치는 것이다. 감각을 자극하지 않는 세계, 건조한 개념어로 점철된 관념의 세계,

일상의 풍부한 감각을 소거해버린 과학적이고 객관적이며 무미건조한 언어의 세계로 도망친다. 이 무향무취 백색의 세계가 바로 백조의 세계다. 그러므로 백조로 변한 오빠들은 처음 만난 여자아이를 죽이고 싶어 한다. 여자아이는 이들이 너무나 두려워하는 무서운 어머니의 세계로부터 왔기 때문이다.

이 무향무취의 세계에 여성이 들어온다는 것은 불길한 일이다. 이 백색의 세계를 색과 향기로 오염시킬지도 모르기 때문이다. 어쩌면 100년 전 혹은 200년 전쯤 공적 세계에 여성이 섞여 들어오면 극도로 신경질적으로 반응하던 과거의 지적인 남자들은 모두 이런 심리상태였을 것이다. 자신들의 건조한 백색 세계에 들어온 여성이 바로 오래전에 그들이 정복하고 승리를 축하한 파충류 괴물처럼 이 산뜻한 세계를 온통 물컹거리고 끈끈한 감정의 도가니로 바꿔놓을지도 모른다는 공포심이 일었을 것이다. 뱀과 친한 이브는 뱀처럼 축축하고 교묘한 말과 독액이 섞인 입김으로 세상을 오염시킬지도 모르기 때문이다. 이 세계에 사로잡힌 사람은 과자와 케이크처럼 온통 달콤한 것로만 이루어진 천국에서 서서히 어머니의 먹잇감으로 삶을 끝낼지도 모를 일이기 때문이다.

남성 영웅은 거대한 입을 가진 축축하고
끈적거리는 괴물과 싸운다. 어머니로부터
비롯된 감정과잉으로부터 자신을 지켜야
하기 때문이다.
Kay Nilsen, Two Brothers, 1925

그러나 남성혼(정신)이 백조로 변하면 그 사람의 내면세계는 현실과 연결될 수 없게 된다. 백조가 그런 것처럼 물에 젖지 않으니 피상적인 감정을 가질 것이고, 세상과의 직접 접촉을 잃어버리니 생각도 마음도 공허한 관념적 망상에 사로잡히는 경우가 많을 것이다. 그는 꽤 스마트하고 지적인 역할을 하며 살아가겠지만 사람의 복잡다단한 감정과 내면을 이해하지는 못할 것이다. 사람과의 관계에서는 과학이론이나 개념보다 교감과 공감이 더 중요하며, 세상은 법칙으로는 이해할 수 없는 미묘한 우연에 의해 꽃피기도 한다는 것을 알기 힘들 것이다. 더 나아가 파충류처럼 징그럽고 축축하고 물컹거리는 곳에서 생명이 시작되며, 우리도 바로 거기서 비롯되었으므로 뱀이나 개구리나 두꺼비처럼 원초적인 생물의 원초적인 면모를 인간인 우리도 공유하고 있음을 더더욱 인정하기 힘들 것이다. 하지만 로즈를 바다로 이끌어 오빠들을 만나게 해준 할머니는 그들을 불행에 빠트린 오래된 마법에서 벗어날 것을 요구한다. 첫 단계는 처음 만난 여자아이를 죽이기로 한 맹세를 깨트리는 것이다(실제로 여성 혐오가 내면화된 남성은 자기 앞에 선 그녀를 죽이고 싶어 한다. 그녀가 자신을 구원해줄 사람일지도 모르는데 말이다). 여성적인 것에 대한 혐오를 멈추고 지금 그 앞에 선 여자아이가 자신과 한 뿌리에서 비롯된 혈족이라는 것을 깨달으라는 것이다. 여성과 남성은 서로를 적대시하고 싸워야 할 적이 아니라 협력해야 하는 관계다. 실제 삶에서도 그러하고 혼의 영역에서도 그렇다. 이 이야기 속에서 주인공 로즈는 어머니의 잘못으로 인해 생긴 삶의 균열과 고통을 해결하기 위해 먼 길을 걸어온 것이다. 그러니 잘못된 관계를 다시 바로잡으려면 먼저 열쇠를 쥐고 있는 이를 받아들여야 한다.

이야기 속에 등장하는 젊은 여성은 바로 미래의 여성이다. 과거의 본능적인 어머니들이 무의식적으로 지어놓은 탐식증적 세계로부터 그들을 구원하고 새로운 관계를 정립할 수 있는 힘을 지닌 미래의 여성이다. 그러니 과거에 받은 상처 때문에 지금 눈앞에 있는 그녀를 미워하지 마시라. 그녀는 무서운 어머니도 아니고 자신을 옭아맬 팜므 파탈도 아니다. 그녀는 당신의 친구, 당신의 동반자일 뿐이다.

낮의 마법

● 백조로 변한 오빠들은 일 년 중 낮이 가장 긴 날에 바다를 건너기로 한다. 가장 오랫동안 백조로 머물 수 있는 때이기 때문이다. 이들이 마법에 걸려 있는 시간은 밤이 아닌 낮이다. 마법이란 말은 홀림이나 환상처럼 어두운 이미지를 지니고 있기 때문에 밤과 어울릴 것 같지만 오히려 낮의 마법이 더 우리를 옴짝달싹 못하게 가둬놓는다. 홀려 있다는 사실조차도 망각하게 만들기 때문이다. 자신이 깨어있다고 생각하게 만드는 마법처럼 강력한 게 있을까. 마법에 걸려 있다는 것을 알지 못하는 사람은 결코 마법에서 풀려날 수가 없다.

오빠들을 백조로 변신시킨 마법은 낮의 마법이다. 백조로 변한 정신은 낮에는 계속 땅에 내려앉지 못하고 날아야만 한다. 해가 떠 있는 동안 그들은 쉴 수도 없다. 높이 나는 동안 그들은 세상을 오직 내려다볼 수 있을 뿐이다. 새의 시각을 조감적 시각이라 부른다. 대부분의 지도는 조감적 시각에서 그려졌다. 세상을 조감적 시각에서 바라보면 전체를 조망할 수 있는 이점이 있다. 내 눈높이에서 알 수 없던 것들도 한눈에 보이고 미처 알아채지 못한 연관 관계에도 눈이 트인다.

하지만 세상을 너무 높은 곳에서 바라보면 우리가 날마다 겪으며 살아가는 일상이 아주 작게 축소되어 아무 일도 아닌 것처럼 보인다. 그래서 세계를 조감적 시각에서 바라보던 사악한 권력자들은 개인의 일상을 서슴지 않고 파괴할 수 있었다. 높은 곳에서 바라보면 세상이 콩알만하게 보여 그 세상 속에 살고 있는 사람이나 생명에 대한 감각이 실종되기 때문이다. 그리하여 백조로 변한 정신은 고고하고 유유히 하늘을 나는 것이 아니라 삶이 품고 있는 작은 이야기와 미미한 소중함에는 눈이 먼 채로 왜 날아야 하는지도 알지 못한 채 퍼덕거리고 있을 뿐이다. 이것이 낮의 마법에 걸린 백조들이다. 또한 우리의 주인공이 이들을 사람으로 다시 되돌려 놓아야

백조로 변한 정신은 무서운 어머니의
손아귀에 사로잡히지 않으려 멀고 높이
도망치고 싶어한다. 그러나 그들은
생명의 거칠고 풍부한 아름다움을
이해하지 못한다.
John Dunkan, Force and Reason, 1934

하는 까닭이다.

오랫동안 백조로 변한 오빠들은 낮의 마법에 걸려 도망치듯 날갯짓을 해왔다. 높고도 멀리 날지 않으면 그들을 백조로 만들어버린 무서운 어머니의 손아귀에 사로잡혀 죽음을 맞이하게 될지도 모르기 때문이다. 백조로 변한 정신의 입장에서 보면 그것은 엄청난 퇴행이다. 조감적 시선을 잃어버리면 다시 원시 상태로 돌아가 아무런 계산도 설계도 미래도 없이 주먹구구식으로 하찮은 인생을 살게 될지도 모를 일이다. 무서운 어머니의 손아귀에 사로잡히면 헨젤처럼 집에 갇혀 사육당하거나 그레텔처럼 허접한 음식으로 배를 채우면서 죽도록 집안일만 해야 할 지도 모른다. 그렇게 되지 않으려면 필사적으로 날갯짓을 해야 한다. 되도록 어머니의 손길이 닿지 않는 먼 곳으로 날아가야 한다. 땅으로부터 사람들로부터 생명으로부터 되도록 멀리 도망쳐 그들이 가져온 고통으로부터 해방되어야 한다고 믿으면서.

과거에 하늘신을 믿고 구원을 얻으려 첨탑처럼 높은 교회를 지으면서 땅과 여성과 생명의 거친 풍부함과 아름다움을 증오하던 금욕적인 사람들 역시 그런 생각이었을지도 모른다. 그들이 냉정한 과학을 발달시키고 생명을 사용대상으로 바라보고 세상을 온통 기계적 욕망으로 가득 채운 것도 그렇게 해서 무서운 어머니로부터 필사적으로 도망치려 했기 때문일 것이다. 그리하여 세상은 허기도 갈증도 없지만 가슴을 울리는 기쁨과 슬픔도 한꺼번에 실종된 무미건조한 천국으로 변모하고 있는 것 같다. 사람들은 늙지도 죽지도 못한 채 삶에 대한 피상적인 이미지를 실현하려 애쓴다. 잠을 자지도 못하고 쉬지도 못한 채 헛된 날갯짓만 반복하면서 살아간다.

낮의 마법은 우리를 한낮에도 백일몽에서 깨어나지 못하도록 사로잡는다. 일확천금의 꿈, 신분상승의 꿈, 경제부흥의 꿈, 국가와 자본이 제공하는 그럴듯한 이미지의 환상을 실현하는 꿈. 이 모든 꿈이 낮의 마법이 만든 백일몽이다. 그러니 당신도 나도 어쩌면 마법에 걸린 백조처럼 살고 있을지도 모른다.

이렇게 열심히 노력하면 언젠가는 그럴듯한 인생을 살게 되리라는 가상을 연료 삼아서, 세상을 재단하고 자기 자신을 재단하여 네모난 도표와 서류 속에 구겨 넣으면서 말이다.

멀리서 바라보다

백조로 변한 오빠들은 하지에 먼 여행을 떠나면서 이번에는 여동생도 데려가기로 한다. 그들은 갈대로 엮어 바구니를 만들고 그 안에 로즈를 태운다. 갈대 바구니에 실려 난생처음 높은 하늘을 날게 된 로즈는 백조들의 조감적 시선을 경험한다. 하늘 위로 높이 오른 로즈의 눈앞에 이전에는 경험하지 못한 장면이 펼쳐진다. 높은 산과 넓은 들, 나무로 빼곡하게 채워져 자신을 두렵게 만들던 숲이 작은 초록색 점에 불과할 뿐이다. 하늘에서 내려다본 땅은 그 속에서 일어나고 있는 온갖 잡사들이 가져오는 고통이 무색할 만큼 아름답다. 우리를 괴롭히는 일상의 많은 일이 그저 시시콜콜한

에피소드에 불과한 것처럼 느껴진다. 그 비현실적인 자유를 만끽하기 위해 사람들은 행글라이더와 낙하산과 기구를 타며 즐거워한다. 잠시나마 땅의 삶이 우리에게 부과한 무거운 짐으로부터 자유로워진 것 같아서.

자기 자신과 그 주변을 괴롭히는 문제를 멀리서 바라보는 경험이 필요하기는 하다. 문제를 바깥에서 바라보게 해주고 객관적 시선을 갖게 해주기 때문이다. 자신의 문제를 바깥에서 바라보면 안에서 바라볼 때와는 다른 시점으로 자신을 관찰하게 된다. 그러니 해결할 수 없을 것 같은 일에 답이 보이기도 한다.

하지만 이런 객관적 시각은 자신과 약간의 거리감을 갖는 것으로도 충분하다. 너무 멀리서 사람의 마음을 바라보면 그 사람은 보이지 않고 그저 문제가 있을 뿐이다. 또 그 문제를 빨리 해결해야 한다는 생각만 남기 때문이다.

그래서 마음고생을 하고 있는 사람에게 자신을 객관적이고 합리적으로 보라는 말은 아무런 도움도 되지 않는다. 당신의 마음고생이 통계적으로 보아 10퍼센트의 문제라고 말한다고 해서 마음이 편해질 리가 있을까. 거꾸로 당신의 심적 고통이 인류의 90퍼센트가 당하는 문제라 한들 그 이유로 마음이

높이 나는 경험은 영적 탐색의
과정에서도 일어난다. 이 상태를
경험하면 아래 세상의 복잡함은
사라지고 모든 것이 해결된 것같은
평화가 찾아오기도 한다.
John Dunkan, Saint Bride, 1913

편해지지는 않는다. 사람이 마음으로 경험하는 일에 대해 조감적 시선을 갖는 것은 그러므로 냉정한 판단을 핑계로 아무것도 공감하지 못하는 것과 마찬가지다. 또는 공감의 필요성을 아예 무시하는 일이기도 하다.

로즈는 오빠들이 만든 갈대 바구니에 실려 높이 날면서 조감적 시선이 어떤 것인지를 경험한다. 달리 말하면 세상을 바라보는 객관적 이론과 냉정한 해결책이 어떤 것인지도 경험한다. 땅에서 벌어지는 일을 지도를 펴놓고 해결하려고 하면 어떤 일이 벌어지는지도 알게 되었을 것이다. 새로 변한 로고스가 어떤 것인지 그녀는 분명히 경험한다. 개념적 사고와 추상적 이론이 담고 있는 가상의 자유와 거짓 해결책이 어떤 것인지도 경험한다. 이 과정을 경험하면서 더러는 자신도 아예 백조로 변한 오빠들처럼 되었으면 좋겠다고 선망하기도 한다. 어쩌면 지난 한 세기 동안 여성이 잃어버린 사회적 권익을 되찾기 위해서 싸우는 과정 중에 역으로 남성 선망이 일어나 백조 오빠들의 냉정하고도 고고한 시각을 모방한 것도 그래서였을 것이다. 과거에는 남성처럼 생각하고 남성처럼 행동하는 것이 우월하다고 생각했으니까.

갈대 바구니에 실려 높이 나는 경험은 영적 탐색의 과정에서도 일어난다. 명상을 하든 참선을 하든 이전에는 경험해보지 못한 새로운 해방감과 기쁨이 찾아와 일상의 잡사들이 아득하게 멀리 느껴지는 때가 있다. 이전까지 자신을 괴롭혀온 마음의 고통이 아득하게 물러나고, 소위 환희심이라는 것이 찾아와 자신이 마치 다른 차원으로 들어올려진 것 같을 때가 있다. 이 상태를 경험하면 세상 일이 마치 기구 위에서 내려다보는 것처럼 아득하게 느껴진다. 저 아래서는 지지고 볶고 있지만, 자신은 그 모든 일로부터 물러나 평화롭기 그지없다. 그러니 자신이 이제 다른 사람들과는 차원이 다른 존재가 되어 그 어렵다는 깨달음에 한 발짝 다가간 것처럼 느끼기도 한다. 정말 그런 거라면 얼마나 좋을까.

영혼의
옷짜기

열두 마리 야생백조 2

백조로 변해 창공을 날던 오빠들도 해가 지면 사람으로 돌아온다. 해가 지기 전에 발 디딜 곳을 찾지 못하면 그대로 바다로 곤두박질쳐 죽음을 면치 못한다. 하늘로 멀리 비상하는 일은 한번쯤 경험해볼만한 일이지만 우리는 사람으로 살아야 하므로 다시 땅으로 돌아와야 한다. 하늘은 목적지가 아니라 경유지일 뿐이다. 적어도 우리가 땅에서 살아가는 동안에는. 그래서 이야기는 이제 우리를 다시 땅으로 인도한다. 하지만 하늘 여행을 마치고 도착한 곳은 이전의 그 땅이 아니다. 이들은 이제 신화 속에 등장하는 파타 모르가나의 땅을 향한다.

그들은 파타 모르가나의 땅이 가까워오자 더 강하게 날갯짓을 했다. 긴 낮의 시간이 끝나갈 때 그들은 저 아래에 펼쳐진 낯설고 새로운 땅의 해안선을 보았다. 그들이 땅을 향해 곤두박질치기 시작하는 순간 로즈는 구름 속에서 반짝거리는 요정의 성을 보았다. “저 아름다운 궁전은 뭐지?” 그녀가 소리치자 오빠들이 이렇게 대답했다. “파타 모르가나의 성이야.” “살아있는 사람은 들어갈 수 없단다.” 해안가에 있는 초록 언덕에 동굴이 하나 있었다. 오빠들이 이 땅에 있을 때 살았던 곳이다. 그들은 여기 내려앉았고, 초록색 땅은 다시 이들을 기꺼이 받아들였다. 해가 지자 그들은 다시 사람으로 돌아와 동굴 속 향기로운 나뭇가지로 만든 아늑한 침대에서 쉬었다.

로즈도 여기서 잠이 들었다. 꿈속에서 그녀는 파타 모르가나를 찾아 요정의 성안으로 들어갔다. 수많은 문과 복도는 낯선

듯하면서도 친숙했다. 성은 마치 안에서 밖을 향해 빛을 쏘는 것처럼 어두운 색으로 빛났다. 마치 어둠이 스스로 빛을 내고 있는 것만 같았다. 로즈는 왕좌가 있는 방에 이르렀고, 어둠의 요정에게 다가갔다. 파타 모르가나 역시 성처럼 안에서 불을 켜놓은 듯이 빛을 내고 있었다. 로즈가 말을 하지 않아도 무엇을 물어볼 것인지 알고 있는 듯했다.

요정이 손을 살짝 들어 올리자 로즈의 마음속에는 어떤 광경이 그려졌다. 로즈는 자신이 오빠들을 위해 거친 쐐기풀로 열두 벌의 셔츠를 만들어야 한다는 것을 알았다. 그녀가 고독한 침묵 속에서 웃지도 울지도 않으면서 이 일을 마치고 오빠들에게 셔츠를 던진다면, 오빠들은 다시 사람으로 되돌아오고 저주는 풀린다는 것을 알았다. 이 꿈같은 장면이 희미해지자 어둠의 요정이 또렷하게 눈앞에 나타나 말했다. "쉽지 않은 일일 게다." "하지만 너에게 달렸다. 할지 말지를 결정해라." "하겠습니다." 로즈는 조용히 대답했다.[10]

내 안의 신성을 만나다

파타 모르가나Fata Morgana라는 낯선 이름의 공식적인 뜻은 바다 신기루다. 그런데 이 이름은 바다 안개가 만들어내는 신기루이기 이전에 모르간Morgan이라는 신화적 인물의 이름이다. 파타 모르가나는 '치명적인 모르간'이라는 뜻의 라틴어인데, 웨일즈 신화에 등장하는 모르간 르 페이Morgan le Fay를 라틴어로 바꾼 말이다. 모르간 르 페이는 아서왕의 이복누이로, 위대한 마법사 멀린Merlin에게 마법을 전수받은 여왕이다. 웨일즈어의 모르간은 '위대한 여왕'이라는 뜻이다.[11] 아서왕과 원탁의 기사에 대한 이야기 속에서 모르간은 선악이 혼재된 인물로 그려진다. 때로는 탐색에 나선 기사들을 유혹해

위험에 빠트리기도 하지만, 아서왕이 최후를 맞았을 때 그를 영원의 땅 아발론으로 데려간 인물이라고 전해진다. 불문학자 김정란은 모르간의 성격에 대해 이렇게 말한다. "모르간은 대표적으로 모호한 여자다. 그녀는 극단적인 악녀인 동시에 극단적인 선녀다. 그녀는 최상급의 아름다움과 최상급의 추악함을 동시에 지니고 있는 여자다. 아서왕 전설에서 가장 들쭉날쭉한 성격을 드러내는 인물이 바로 모르간이다. 그것은 모르간의 탓이 아니라 여성과 타자성을 바라보는 인류의 심리적 특성 탓이다."[12]

모르간 르 페이가 파타 모르가나로 바뀌는 과정에서 요정을 의미하는 '페이'라는 단어는 '운명'을 의미하는 '파타'로 바뀌었고, 뱃사람을 홀리는 신기루를 가리키는 말이 되었다. 영어 페어리fairy의 웨일즈 방언인 '페이fay' 역시 알고 보면 우리가 짐작하는 요정을 의미하는 말이 아니다. 요정이라고 하면 대부분 디즈니 영화에 등장하는 팅커벨처럼 자그마하고 귀엽게 생긴 여자를 떠올린다. 그러나 웨일즈 신화 속에 등장하는 페이는 팅커벨이라기보다는 〈반지의 제왕〉에 등장하는 아라곤이나 레골라스처럼 위엄을 갖춘 신족을 의미했다.

그러나 중세 유럽이 기독교화되고 기독교가 거대 제국의 이데올로기가 되면서 다양한 영적 층위의 존재들이 그 존엄을 잃고 작고 하찮게 축소되거나, 그렇지 않으면 사악한 존재라는 오명을 쓰고 사라졌다. 죽은 자들을 영원의 땅으로 이끌 정도로 강력한 마법의 힘을 지닌 모르간 르 페이가 뱃사람들을 홀려 죽음이 이르게 하는 세이렌Seiren처럼 불길하기만 한 존재로 축소되고 말았다. 모르간의 이미지 추락과 함께 '페이'라는 이름은 불길한 운명을 나타내는 '페이트fate'의 어원인 '파타fata'가 되었다.

융은 자기와의 대면이 신의 이미지를 통해 일어난다고 한 적이 있다. 신의 이미지는 우리 안에 있는 신성의 표현이다. 오랫동안 신은 나이든 아버지의 이미지로 형상화되기도 했다. '아버지 하나님'이란 표현은 말 그대로 아버지 상으로 나타난 신성을 의미한다. 신이 아버지의 이미지로 획일화되는 바람에 서양에서는 그것을 보충할 어머니 이미지가 필요했다. 그 역할을 오랫동안 맡아온 것이 성모마리아 상이다. 그러나 성모마리아 상에는 어머니 신성이 지닌 중요한 성격이 결여되어 있다. 바로 어둠의 측면이다.

기독교가 도래하기 전에는 비교적 다양한 신의 이미지가

모르간 르 페이는 위대한 여왕이란 뜻이다. 그녀는 죽은 자들을 영원의 땅으로 이끄는 강력한 힘을 지닌 마법사였다.
Aubrey Beardsley, How Morgan Le Fay Gave a Shield to Tristram, 1894

공존하고 있었고, 그 때문에 우주의 신성은 다양하고 풍요로웠다. 특히 여신의 이미지 안에는 우주와 생명에 담긴 모순과 역설이 그대로 살아 숨 쉬고 있었다. 신성은 인간이 정해놓은 협소한 선악의 관점을 넘어선 생동하는 힘의 초월적 표현이기 때문이다. 아마 유럽의 가톨릭 성당 각지에 자리 잡은 검은 성모상은 이 어둠의 측면을 통합한 어머니상일 것이다. 파타 모르가나의 이미지에는 기독교가 오랫동안 억압한 여신의 복합적 성격이 스며들어 있다. 그녀는 때로는 친절하지만 때로는 가혹하고 잔인하다. 때로는 심술궂게도 우리를 함정에 빠트리지만 시간이 지나면 다시 그 함정에서 벗어날 수 있도록 도와주기도 한다. 여신의 중요한 특징 중에 하나가 모순과 변덕이기 때문이다. 모순은 여신뿐 아니라 모든 살아 있는 존재가 가진 특성이다. 아침과 저녁이 다르고, 봄과 가을이 다르다. 물론 이 변덕 속에도 자연법이라는 규칙은 존재한다. 하지만 늘 한 가지 모습을 보여주어야 안정감을 느끼는 인간의 처지에서 보면 자연의 변덕은 모순되고 사악하게 느껴지기도 한다.

우리의 이야기를 따라가 보면 파타 모르가나는 여기서 처음 등장한 게 아니다. 왕비가 이상한 소원을 말했을 때부터 그녀는 늘 함께 있었다. 마녀로 나타나기도 하고, 누추하고 힘없는 할머니로 나타나기도 한다. 이 모든 것이 파타 모르가나의 모습이지만, 가장 그녀다운 것은 꿈속에 등장하는 여왕의 모습이다. 그녀는 말 없는 말로 대화하며, 내면의 빛으로 불을 밝힌다.

그녀는 왕비의 소원대로 아들들을 앗아갔지만, 이들을 되찾고자 길을 떠난 로즈에게 길을 알려주기도 한다. 백조로 변해버린 아들들에게 쉴 곳을 마련해 주었으며, 누이를 자신의 땅으로 데려올 수 있는 영감을 제공해주기도 한다.

모든 여신은 다양한 모습으로 우리의 곁에 나타난다. 사람의 모습만이 아니라 안에서 빛을 내는 성채로 나타나기도 하고, 녹색 잔디가 깔린 아름다운 땅으로 나타나기도 한다. 그러니 그녀를 신기루라 부르는 것도 무리는 아니다. 하지만 그녀는 우리를 혼란에 빠트리기 위해 신기루처럼 천변만화하는 것이 아니다. 그녀가 혼란스러운 것은 우리가 그 변화를 따라가지 못한 채 오로지 한 가지 모습에만 집착하기 때문이다. 우리의 이해 범위를 넘어선 것을 용인하지 못하기 때문이다.

로즈는 바다를 가로질러 낯선 땅에 도착한 후에야 파타 모르가나의 신성을 체험한다. 갈대 바구니에 실려 하늘을 나는 동안 그녀의 의식 차원이 달라졌기 때문이다. 그녀는 하늘을 날면서 이전에 그녀를 사로잡고 있던 세계를 다른 눈으로 바라볼 수 있게 되었다. 작은 세계 너머 더 큰 세계가 뻗어 있다는 것도 알게 되었다. 어쩌면 여행이 가져다주는 가장 훌륭한 점은 바로 이것일 것이다. 생각의 한계를 확장하고, 자신이 몸담았던 세계를 바깥에서 바라볼 수 있게 해준다는 점 말이다. 자기 집에 파랑새가 있다는 것을 알기 위해서는 반드시 집을 떠나야만 한다.

파타 모르가나의 땅에서 로즈는 그 땅의 주인인 모르간 르 페이를 만난다. 신성을 가까이에서 만나기에 가장 좋은 곳 중에 하나가 꿈속이다. 꿈속에서는 우리의 의식이 다른 차원을 향해 활짝 열리기 때문이다. 그래서 고대 그리스에서는 환자를 사원으로 불러 잠자게 하는 치유법이 있었다. 신이 꿈에 나타나 병을 고칠 수 있는 방법을 알려주기 때문이다. 신탁을 받드는 무녀 역시 반쯤 잠이 든 혼몽한 상태에서 꿈꾸듯 신의 계시를 받았다. 신탁을 전하는 무녀가 아니어도 누구나 꿈처럼 어렴풋한 의식 상태에서 신비를 경험하기도 한다. 우리를 괴롭히고 있는 많은 문제를 풀 수 있는 답이 이런 순간에 주어지기도 한다.

꿈속에 등장하는 파타 모르가나는 로즈의 마음 속 깊은 곳에 자리한 자기 모습이기도 하다. 무의식 깊은 곳에 자리한 신적인 자기가 스스로에게 답을 알려준 것이다. 사람들이 사원을 찾아 신에게 기도를 드리는 것은 자기 안에 숨겨진 신성과 접속하기 위한 의례이기도 하다. 로즈의 순례는 파타 모르가나 섬에 이르러 일단락된다. 그녀는 질문에 대한 해답을 얻었다. 그녀 속 깊은 자아가 드디어 답을 알려준 것이다. '침묵 속에서 쐐기풀 옷을 짜야 한다!'

저주의
날개옷

● 로즈가 꿈속에서 얻은 해답은 오빠들에게 새 옷을 입혀야 한다는 것이다. 동화 속에는 옷 이야기가 적잖이 등장한다. 가장 널리 알려진 이야기는 아마도 〈벌거벗은 임금님〉일 것이다. 사기꾼에게 속아 벌거벗은 채로 대로를 활보하게 된 어리석은 임금님 이야기 말이다. 임금님의 권위 따위는 아랑곳 하지 않은 채 임금님이 발가벗었음을 만천하에 알린 어린아이의 순수함과 솔직함을 높이 사는 이야기로 널리 알려져 있다. 어린 시절에는 너무나 당연해 보이는 이 솔직함이 어른이 된 지금도 당연한지는 잘 모르겠다. 누군가의 텅 빈 권위와 무지를 그 사람 앞에서 솔직하게 드러낼 수 있는 어른이

몇이나 될까. 알면서도 모르는 척 상대를 치켜 올려주거나 아니면 정말 허명에 불과한 권위에 속아 칭찬과 아부를 입에 달고 살지도 모를 일이다.

그런데 임금님은 왜 그렇게 옷에 집착하는 것일까. 옷은 추워서 걸치는 털가죽의 의미를 떠난 지 오래되었다. 옷은 그 사람의 성격, 취향, 지위, 소속 등을 알려주는 표지다. 무엇을 입었는지가 그가 누구인지를 말해준다. 그러니 옛날에는 아무나 비단옷을 입을 수 없었고, 아무 색깔의 옷이나 입을 수도 없었다. 지금은 옷에 대한 엄격한 사회적 규정이 느슨해졌지만, 그렇다고 옷에 대한 금기와 문화적 편견이 완전히 사라진 것은 아니다. 여전히 옷은 자아를 사회적으로 표현하는 도구다. 그러니 임금님도 나도 당신도 옷에 집착하는 것은 당연하다.

동화 속에 등장하는 옷은 사회적 자아의 상징이다. 융은 이를 '가면'을 뜻하는 '페르소나persona'라고 불렀다. 옷이 당신이 누구인지를 말해주기는 하지만, 옷으로 드러난 당신이 당신의 전부는 아니다. 옷의 의미는 문화적으로 규정되므로 옷 속에 숨은 자연으로서의 정체성까지 드러내는 것은 아니다. 껍질 안에 과육이 들어있듯이, 옷으로 상징되는 페르소나 너머에

옷은 사회적 자아의 상징이다.
그러나 옷으로 드러난 페르소나
너머에 진정한 자아가 숨어 있다.
Harry Clark, Emperor admires
Himself, 1916

다른 내가 있다. 입고 싶지 않은 옷도 어쩔 수 수 없이 입어야 할 때가 있는 것처럼 진짜 내 모습이 아닌 다른 모습의 나를 연출하기도 한다.

밖에서는 친절하고 유쾌한 사람이 혼자 있을 때면 정반대로 침울하고 비판적이 될 때도 있다. 페르소나라는 사회적 자아와 자연적 자아가 서로 다르기 때문이다. 내가 입고 싶은 옷을 입었을 때 다른 사람들도 내 옷차림에 호감을 보여주면 기분이 좋아지는 것처럼, 타고난 내적 자아상이 외부의 페르소나에 잘 부합한다면 그 사람의 자존감은 높아질 것이다. 하지만 반대로 내 취향이나 욕망이 사회적으로 지탄받는 것이라면, 그 사람은 아마도 숨어 살고 싶어질 것이다.

자신의 내적 자아 이미지와 사회적 자아상이 일치하면 그 사람은 아마도 무리 없이 세상에 적응해가며 힘차게 살아갈 수 있을 것이다. 하지만 그 반대라면 불가피하게도 세상과 충돌하게 된다. 이럴 때는 세상의 평균적인 시선을 타파해나갈 만큼의 용기가 필요하다. 그렇지 않으면 그는 자기혐오의 늪에 빠지기 쉽다. 하지만 이런 경우 외부의 시선을 이기고 자신만의 페르소나를 구축하기보다는 대부분 외부에서 주어진 안전한 페르소나 상에 자신을 맞추는 쪽을 택한다. 그편이 더 안전하기 때문이다.

평범해 보이는 회색지대에 숨어서 자신을 드러내지 않는 편이 더 안전해보이기는 하지만 이런 선택이 그를 꼭 행복하게 해주지는 못한다. 있는 그대로의 자신을 무시하는 선택이기 때문이다. 하지만 어떻게 자신을 있는 그대로 드러낼 수 있단 말인가. 비난과 혐오의 눈길을 감내하면서 멀쩡한 정신으로 자신을 드러낼 수 있는 사람은 별로 없다. 우리는 대부분 어느 정도의 선에서 타협한다. 교복은 입지만 치맛단을 짧게 줄이거나, 체육복을 덧대 입고 돌아다니는 정도로 말이다.

백조로 변해 버린 오빠들은 백조의 페르소나를 지닌 사람이다. 그들은 사람이 아니라 하얀 날개를 지닌 새의 모습을 갖게 되었으므로 백조처럼 말하고 백조처럼 행동할 것이다. 백조의 페르소나가 어떤 모습인지에 대해서는 앞에서 다뤘다.

백조처럼 말하고 행동한다고 해서 큰일 날 것은 없지만 백조의 페르소나가 스스로 선택한 것이 아니라 저주라는 점에 문제가 있다. 이들은 백조의 옷을 입은 채 먼 하늘을 날아야 하고 집으로 돌아오지도 못한다. 그러니 그들에게 백조 옷 대신에 사람의 옷을 입혀야 집으로 돌아올 수 있을 것이고, 피곤하고 무익한 날갯짓에서 해방될 수 있을 것이다. 그러니 그들을 해방시키려면 새 옷을 지어 입혀야 하는 것이 당연하다. 옷은 옛날부터 마법의 도구로 여겨졌다. 옷이 그 사람의 정체성을 바꾸기 때문이다. 당신이 입고 있는 옷이 당신의 의지와 상관없이 덧씌워진 것이라면, 그 옷이 아무리 아름다워도 마법에 걸린 백조처럼 불행하고 슬플 것이다. 백조는 자기 목소리를 내지 못하고 평생 살다가 죽을 때가 되어야 한번 운다고 한다. 백조처럼 아름다운 순백의 페르소나가 당신을 벙어리로 만들면 너무나 슬프지 않겠는가. 실제로 내면의 남성혼이 백조로 변해버린 여성은 말이 없고 조용하다. 그녀가 하는 말은 대체로 예법에 맞지만 자신의 진솔한 생각과는 관계없이 공허하게 들릴 때가 많다. 내면에서 요동치는 감정을 말로 전달할 수도 없으며, 정작 입을 열어 자신의 뜻을 주장해야 할 때는 꿀 먹은 벙어리가 되고 만다. 소위 가정교육을 잘 받은 품위 있고 교양 있는 여성이라는 틀에 사로잡혀 침묵을 강요당했기 때문이다. 그녀들은 자기주장을 할 수도, 대놓고 싸우지도 못하는 마법에 걸려 있다. 그래서 아름답고 품위 있는 모습으로 살아간다. 그러나 그 겉모습 속에는 자기부정과 냉소와 비탄이 자리 잡고 있다. 누군가 자신에게 못되게 굴어도 묵묵히 견디며 혼자 눈물을 흘릴 뿐이다. 자기 마음을 솔직하게 표현하지 못하니 내면에 우울이 자리 잡는 것은 당연하다. 당신이 혹시 이런 증상을 가지고 있다면 백조로 변한 내면의 남성혼을 다시 인간으로 되돌려 놓아야 한다. 당신 내면에서 어떤 생각, 어떤 말, 어떤 약속이 당신의 남성혼을 백조로 만들어버렸는지 하나씩 곰곰이 따져보아야 할 것이다.

쐐기풀 다루기

● 그런데 그 옷의 재료가 왜 하필이면 쐐기풀일까. 가시도 많고 다루기도 힘든 풀로 옷을 지어야 하는 이유는 무엇일까. 안데르센이 옮긴 이 동화를 처음 읽었을 때 쐐기풀로 옷을 만드는 장면은 아주 가혹하고 잔인하게 느껴졌다. 게다가 웃지도 울지도 말라니. 마치 인어공주가 사랑하는 왕자를 만나기 위해 목소리를 내놓는 대신 다리를 얻고 칼끝을 걷는 것처럼 고통스러워하는 장면이 떠오른다. 그러고 보니 고전동화는 여성잔혹사의 한 단편처럼 보인다. 맘에 드는 빨간 신을 신고 춤추다 발을 잘리는 카렌이나 늑대에 잡아먹혔다가 사냥꾼에게 구출되는 '빨간 모자', 계모에게 쫓기다 난쟁이

집의 가정부 노릇을 하는 백설공주까지. 게다가 집안일의 노역에 붙들린 신데렐라를 어찌 빼놓을 수 있을까. 이런 맥락에서 보면 이 이야기 역시 여성에게 부과된 과한 노역과 형벌 같은 일상을 대변해주는 듯하다.

하지만 올라오는 분한 마음을 조금 가라앉히고 다른 관점에서 이 대목을 들여다보자. 스타호크는 이렇게 해석했다. "이 이야기를 전한 우리 조상으로서는 쐐기풀로 옷을 만드는 일은 분명 품이 많이 드는 일이기는 했어도 그것이 징벌이나 가혹한 형벌로 여겨지지는 않았을 것이다. 쐐기풀은 면화가 수입되어 대중화되고 기계로 옷을 만들기 전에는 옷감에 쓰이는 실의 재료로 상용되던 풀이다. 사람들은 대부분 집에서 옷을 만들어 입었다. 그리고 소위 '린넨'이라 불리는 천은 대마나 쐐기풀과 같은 흔하고 친숙한 식물들로 만들어졌다. 식물에서 재료를 구해 옷을 만드는 일은 어른이 된 여성의 책임이자 그들의 힘을 나타내는 것이기도 했다."[13]

쐐기풀을 잘못 건드리면 불에 덴 듯 피부가 얼얼하지만, 가시가 난 방향을 거스르지 않으면 찔리지 않고도 채취할 수 있다고 한다. "그러므로 파타 모르가나가 로즈에게 요구한 것은 병적이고 기이한 자기희생이 아니다. 그녀는 로즈가 노련하게 일하면서 지식과 힘을 다루는 법을 제대로 배워 어른스런 여성이 되기를 요구한 것이다. 로즈는 식물을 노련하고 까다로운 관리감독자처럼 다뤄야 한다는 것을 배워야 한다. 집중력을 잃거나 부주의하게 허둥대면 곧바로 가시에 찔릴 것이므로 늘 온 마음을 다해야 한다."[14] 쐐기풀로 옷을 만들어 본 적 없는 나 같은 사람이나 안데르센에게는 이 장면이 고통스런 자기희생으로 해석되기 쉽지만 실상은 그렇지 않다는 것이다. 중요한 것은 쐐기풀의 고통을 참아내는 것이 아니라, 쐐기풀을 잘 다뤄야 한다는 것.

쐐기풀로 만든 옷에는 다른 뜻도 있다. 쐐기풀의 꽃말은 '근거 없는 소문, 비난'이다. 아마도 쐐기풀을 잘못 건드리면 쓰라리기 때문일 것이다. 비난의 말이나 근거 없는 소문 역시 당사자를 고통스럽게 한다. 말하는 사람의 처지에서 보면 아무것도 아닌 것처럼 사소해 보여도, 듣는 사람으로서는 불에 덴 듯 쓰라리고 아프다. 쐐기풀을 다듬어 옷을 만들라는 데는 아마도 거친 말을 쓰임새 있는 부드러운 말로 바꿔보라는 뜻도 들어 있을 것이다. 또한 쐐기풀을 채취할 때처럼 가시의 방향을 거스르지 않고 말하는 방법을 찾아내라는 의미도 있을 것이다. 말을 잘하기란 여간 어려운 일이 아니다. 우리는 늘 말을 하지만, 늘 의식적으로 하는 것은 아니다. 자기도 모르게 무의식적으로 튀어나온 말로 인해 곤욕을 치른 적이 있을 것이다. 이야기 속 왕비 역시 마찬가지다. 딸이 있었으면 좋겠다고만 말했으면 됐을 텐데 딸이 있으면 열 아들도 아깝지 않다고 해서 문제가 생겼으니 말이다. 언뜻 보기에는 별 차이가 없는 말 때문에 왕국은 아들들을 잃어버렸고, 어렵게 얻은 딸마저도 떠나버리게 만들었다.

쐐기풀로 옷을 만들어 입혀야 저주가 풀린다는 것은 말로 생긴 문제는 말로 해결해야 한다는 속뜻도 담겨 있다. 다루기 어려운 쐐기풀을 다루듯이 말을 섬세하게 가다듬는 과정을 익혀야 한다는 거다. 말은 당연히 생각에서 나온다. 그러나 일상의 말이 그러하듯이 생각이 늘 정돈되어 있거나 의식적으로 흐르는 것은 아니다. 자신도 알지 못하는 사이에 통제할 수 없는 수많은 생각들이 머릿속에서 잡초처럼 자라며 때로는 무슨 말을 하는지도 모르고 아무 말이나 내뱉게 될 때도 많다.

우리의 생각과 말을 숲에서 자라는 풀이라고 생각해보자. 숲속 들판에는 여러 종류의 풀이 뒤섞여 자란다. 당신이 쐐기풀로 옷을 만들어야 한다면 먼저 쐐기풀이 어떤 풀인지 알아야 한다. 어떻게 생겼는지, 만지면 어떻게 되는지, 풀을 채취하려면

쐐기풀의 꽃말은 근거없는
소문과 비난이다. 아마도
쐐기풀을 잘못 건드리면
쓰라리기 때문일 것이다.
John Duncan, The Messenger of
Tethra, 1910

어떻게 하는 것이 좋은지 등등을 알아야 할 것이다. 비슷비슷해 보이는 여러 풀 사이에서 꼭 필요한 것을 찾아 조심스럽게 잘라 담듯이, 말과 생각 역시 이런 과정이 필요하다. 생각나는 대로 무턱대고 말할 것이 아니라 이 말이 필요한 말인지, 누군가를 다치게 하는 말은 아닌지 자세히 들여다봐야 한다.

주의 깊게 쐐기풀을 채취했다고 하더라도 그대로 옷이 되는 것은 아니다. 발로 밟아 질기고 거친 줄기와 잎들을 부드럽게 누그러트려야 하고, 실을 만들려면 그것을 다시 손바닥에 놓고 새끼줄을 꼬듯이 비벼야 한다. 대부분의 일을 기계가 대신하고 있는 지금, 이 과정은 낯설고도 신비스럽게 보일지도 모른다. 하지만 동화나 신화와 같이 상징으로 가득 찬 원형적인 이야기 속에 숨겨진 비밀을 알아채려면 과거의 이야기들은 자연과 함께 호흡하던 사람들이 만들었다는 것을 잊어서는 안 된다. 상징의 수수께끼는 몸소 체험하는 과정을 통해 풀린다.

질기고 거친 풀로 실을 만들고, 그렇게 만들어진 실로 천을 짜는 과정은 고대 신화에 등장하는 운명의 여신이 해오던 일이기도 하다. 오래전 여성들이 이 지난한 과정을 거쳐 천을 짜고 옷을 만들었듯이, 운명의 여신 역시 이런 방식으로 운명의 천을 짠다. 운명을 만들어가는 과정과 옷을 만드는 과정은 서로

닮은 데가 있다. 그러니 주인공은 지금 자신의 운명을 스스로 만들어가는 중이다. 그리고 오빠들을 다시 사람으로 돌려놓는 일이 그녀의 운명에서 중요한 부분을 구성하고 있다. 오빠들로 상징되는 그녀의 남성혼이 저주에 걸려 백조처럼 날아다니고 있기 때문이다.

말과 생각은 말할 것도 없이 정신의 산물이다. 정신이 허공에 떠있으면 말과 생각 역시 공허해지기 쉽다. 말과 생각이 백조처럼 하얗고 멋지기는 하지만, 다정한 이야기도 사랑도 나눌 수도 없다면 로즈처럼 쐐기풀 옷을 짓는 과정을 경험할 필요가 있다. 그렇다고 지금 당장 쐐기풀을 찾아 숲으로 달려가야 하는 것은 아니다. 당신의 생각 속에도 이미 쐐기풀이 무성할 테니 말이다. 물론 쐐기풀뿐만 아니라 향기로운 장미꽃도 있고 질긴 엉겅퀴도 있을 것이다. 그러니 생각의 숲에 어떤 풀이 자라고 있는지 한번 지켜보라. 그것들로 실을 만들고 천을 짜는 일은 실제의 천뿐 아니라 글이나 그림을 통해서도 가능하니 그렇게 한번 해보시라. 잡다한 생각을 글로 옮기고, 그 속에서 가시를 제거하고 실처럼 이어지는 문장으로 바꿔보시라. 로즈처럼, 침묵 속에서 당신의 연인을 떠올리면서. 쐐기풀로 옷을 짓는 과정은 페르소나를 재구성하는 과정이다.

당신이 입고 있는 페르소나는 쐐기풀 옷이 아니라 가볍게 광택이 흐르는 비단옷일 수도 있고, 장식이 많이 달린 화려한 옷일 수도 있다. 그게 아니라면 쇠로 만든 것처럼 차갑고 단단한 갑옷일 수도 있다. 세상에 다양한 옷이 있는 것처럼 페르소나 역시 각양각색이다. 어떤 옷이 되었든 그 나름의 개성을 지니고 있고 사회적 역할이 있는 것처럼 당신의 페르소나가 어떤 모습이든 그 나름의 가치가 있을 것이다. 그러나 당신이 입고 있는 옷이 당신이 원하는 것이 아니라면, 그건 좀 문제다. 누군가 당신에게 억지로 입혀 놓은 옷이라면 그 옷은 당신의 개성을 가리고 당신이 누구인지 알 수 없게 만든다. 더 나아가 당신의 존엄까지도 무시하고 속박하는 감옥 같은 것이 될 수 있다.

쐐기풀은 거칠지만 땅에 뿌리박고 자라는 풀이다. 쐐기풀로 지은 옷은 그다지 아름답지는 않더라도 질기고 시원하다. 여름에 주로 입는 린넨 옷을 떠올려보자. 몸에 달라붙지도 않으며 바람을 잘 통과시켜 시원하게 해준다. 쐐기풀은 분명 거친 풀이지만, 이 풀을 다듬어 만든 옷은 우리 몸을 편안하게 해준다. 쐐기풀 옷은 소박하지만, 바람과 기운이 통하는 설렁설렁한 옷이다. 그러니 쐐기풀 옷은 소박하고 진솔한 페르소나, 아무것도 과시하지 않으며 아무것도 꾸미지 않는 자연스런 성품을 나타낸다. 그러니 백조가 되어버린 이들이 쐐기풀 옷을 입으면 편안해질 것이다. 아름답고 멋있게 보이기 위해 과한 날갯짓을 할 필요도 없고, 마음속에 자리 잡은 자신의 감정을 애써 억누를 필요도 없을 것이다. 스스로를 옥죄이는 내면의 소리가 잠잠해지면, 그는 아마도 신경질적으로 타인을 비난하지도 않을 것이다. 무엇인가에 억눌린 듯 우울하고 답답한 가슴으로 살지 않아도 될 것이다.

침묵의 시간

● 로즈에게 부과된 과제에는 옷을 다 짓기 전까지는 무슨 일이 있어도 말해서는 안 된다는 단서가 붙어 있다. 파타모르가나는 단순히 말하지 않는 것을 넘어 옷을 다 만들기 전까지는 울어서도 웃어서도 안 된다고 말한다. 어쩌면 쐐기풀로 옷을 만드는 것보다 지키기 더 어려울 수도 있다. 침묵의 결계가 이상할 수도 있다. 여성에게 오랫동안 침묵이 강요되었는데, 또다시 침묵이라니. 사랑 때문에 목소리를 잃어버린 인어공주의 불행을 반복하는 것처럼 보이기도 한다. 하지만 여기서 요구되는 침묵은 약자에게 강요된 침묵과는 좀 다른 의미가 있다. 쐐기풀 옷은 일반적인 옷이 아니라 마법의

옷이다. 그녀가 하는 일은 오빠들에게 걸려 있는 마법을 풀기 위해 또 다른 마법의 옷을 만드는 것이다.
마법을 일으키는 데에는 필요한 것이 몇몇 있다. 적절한 시간과 장소, 적절한 도구, 그리고 가장 중요한 염력. 우리는 자주 무시하지만, 마음의 힘만큼 중요한 것은 없다. 뭔가를 만들 때 어떤 마음으로 만들었는지에 따라 그 물건의 힘이 달라진다. 음식을 만들 때 가장 중요한 조미료가 정성인 것처럼, 물건의 힘은 그것을 만든 사람의 마음에 달려 있다.
만약 그녀가 쐐기풀 옷을 일상의 감정과 행동은 그대로인 채 잡담하면서 만들었다고 생각해보자. 그렇게 만들어진 옷은 그냥 풀로 만든 옷에 불과하다. 사람의 힘으로는 불가능해 보이는 어려운 일을 일으키는 데 사용할 옷이라면, 일상의 옷과는 달라야 할 것이다. 그야말로 한 땀 한 땀 정성이 들어가야 하는 것은 물론이고, 오빠들을 되돌려놓아야 한다는 절박한 심정이 옷 구석구석에 스며들어가야 할 것이다. 그렇지 않으면 이 옷은 마법을 일으키지 못한다.
침묵을 지키고 웃지도 울어서도 안 된다는 조건은 이 옷을 만드는 과정이 일종의 제의라는 것을 말해준다. 제의적 시간은 일상의 시간과는 질적으로 다르다. 제의란 인간과 신이 만나는 의례이기 때문이다. 그래서 제의는 아무 때나 함부로 해서는 안 된다. 그녀가 침묵 속에서 옷을 만들 때 그녀의 시간은 일상이 아닌 다른 차원의 시간이 된다. 그 시간 동안 그녀는 바깥에서 일어나고 있는 모든 일과 차단된다. 말해서도 안 되고 웃어도 울어서도 안 된다는 것은 외부의 상황이나 사건과는 거리를 두고 오로지 이 일에만 집중해야 한다는 것을 의미한다. 또한 이 일이 모든 에너지를 쏟아 부어야만 할 수 있는 일이라는 말도 된다.

21세기는 소란스럽고 시끄러운 시대다. 사람들은 24시간 내내 대화 모드에 사로잡혀 있다. 휴대폰은 밤낮으로 울리고, 그저 그런 안부 문자가 오가고, 광고는 어딜 가든 파리 떼처럼 달라붙는다. 입을 다물고 있어도 소리 없는 말이 공중에 자욱하게 떠돈다. 눈을 돌려 바깥을 보아도 마찬가지다. 어딜 가던 간판과 광고판과 현수막이 넘친다. 당신이 입 다물고 아무 말도 하지 않아도, 누군가가 당신의 침묵을 영락없이 방해한다. 어쩌면 조용히 산다는 것은 이 시대에 거의 사치가 된 듯도 싶다. 은둔은 말할 것도 없다. 누군가가 세상의 소란을 등지고 혼자만의 고독 속으로 후퇴하면, 그 사람을 어딘가 문제가 있는 사람으로 여기기도 한다. 마치 모든 고독이 질병이나 사회

문제이기만 한 것처럼 호들갑을 떤다.
물론 고독과 은둔을 원치 않는 사람도 많겠지만, 인생에는 이런 시간이 꼭 필요하다. 홀로 있는 시간은 자기 자신의 내면으로 침잠할 수 있는 풍부하고 감미로운 시간이기도 하다. 영혼은 홀로 있는 가운데 비로소 자신의 목소리를 낸다. 영혼의 메시지인 영감 역시 이 시간에 찾아온다. 침묵의 시간은 고요 속으로 후퇴해 영혼의 목소리를 듣는 시간이기도 하다. 그러니 당신도 당신 영혼의 목소리를 들으려면 고요 속으로 들어가야 한다.
하지만 이 일은 파타 모르가나가 말했듯이 결코 쉽지 않다. 바깥에서 누군가 말을 걸지 않아도 이미 자기 마음속에서는 수많은 목소리가 그치지 않고 말을 해대기 때문이다. 조용한 곳으로 물러나 입 다물고 있다 해도 침묵 속으로 들어가지 못하는 이유다. 게다가 로즈한테는 도저히 침묵하고 있을 수만은 없는 일들이 벌어진다. 처음부터 로즈를 못마땅하게 여긴 왕의 어머니는 줄기차게 로즈를 비난하고 중상모략을 서슴지 않는다. 아이를 빼돌리고 아이를 잡아먹었다는 끔찍한 누명을 씌우고, 그녀가 마녀라는 헛소문을 퍼트린다. 아마 나라면 이 상황에서 옷짜기는 집어치우고 당장 입을 열고 스스로를 변호했을 것이다. 더 나아가 왕의 어머니와 한바탕 입씨름을 하며 온갖 비난을 퍼부었을 수도 있다. 하지만 이야기의 주인공은 그 모든 시련을 이겨낸다. 침묵의 약속을 깨는 순간 모든 것이 물거품이 되기 때문이다.

《침묵의 세계》 저자인 막스 피카르트Max Picard는 이런 말을 한 적이 있다. "실현되지 않은 가능성이 침묵에게는 하나의 자양분이라는 것을 사람들은 잊어버린다. 침묵은 그러한 실현되지 못한 가능성에 의해서 강해지고 그리하여 이번에는 반대로 스스로를 실현시키는 다른 모든 가능성을 강하게 키워준다."[15] "침묵하는 실체는 한 인간이 변화하는 곳이기도 하다. 물론 이 변화의 원인은 정신이겠지만 침묵이 없다면 변하지 못한다. 변화할 때 인간이 자신의 모든 과거로부터 해방될 수 있는 것은 오직 그가 지나간 것과 새로운 것 사이에 침묵을 놓을 수 있을 때뿐이기 때문이다. 침묵이 결여된 오늘날의 인간은 더 이상 변신할 수가 없다. 다만 발전할 수 있을 뿐이다. 그 때문에 발전이란 것이 오늘날 그렇게 중요시되는 것이다. 발전은 침묵이 아니라 우왕좌왕하는 논란 속에서 생긴다."[16]

침묵의 고요함은 그 자체로 변환의 자양분이다. 내면의 잡다한 목소리를 물리치고 오로지 하고 있는 일에만 집중할 때 우리 안에서는 놀라운 변화가 일어난다. 자아의 다른 차원인 영혼의 힘이 펼쳐지므로 평상시에는 쉽게 할 수 없는 일이 알 수 없는 힘에 이끌려 저절로 되는 듯한 신비를 체험하기도 한다. 마치 내가 하고 있는 일을 마치 신이 돕기라도 하듯이 저절로 되어간다. 아마도 어떤 일에 깊이 몰입해봤다면 이 말이 무슨 뜻인지 알아차릴 것이다. 이러한 몰입의 순간에는 다른 사람의 간섭이나 외부의 방해는 별 의미가 없다. 이 상태는 기뻐서 날뛰는 상태도 아니고, 슬퍼서 주저앉는 상태도 아니다. 외부의 자극이나 감정의 요동이 가라앉은 지극히 평온한 상태이면서 고요한 활력이 넘쳐나는 상태다.
로즈가 모함과 중상모략이라는 위기 속에서도 침묵을 유지할 수 있었던 것은 바로 침묵 자체의 힘이기도 하다. 오랫동안 한 가지 일에 온 마음을 다해 집중하면 우리를 흔드는 외부의 시련에도 중심을 잃지 않고 견디는 힘이 생긴다. 고요 속에서 자기 내면에 침잠하고 그 가운데 자신의 일을 묵묵히 해가는 것은 영혼의 뿌리를 내리는 작업이기도 하다. 로즈에게 침묵의 맹세는 그러므로 외부의 방해나 내면의 소란을 헤치고 영혼의 고요한 목소리를 듣는 법을 배우기 위한 것이기도 하다. 마법의 옷은 손과 마음이 깊은 영혼의 울림에 조응할 때 비로소 만들 수 있기 때문이다.

왕이 나타나다

로즈가 침묵 속에서 쐐기풀 옷을 짜기 시작하자 그녀 앞에 새로운 사람이 등장한다. 지나가던 왕이 그녀의 신비스런 아름다움에 끌려 걸음을 멈춘 것이다. 로즈는 침묵의 맹세를 깰 수 없었으므로 왕에게 아무런 말을 할 수 없었다. 하지만 그녀 역시 왕에 이끌려 왕의 궁전으로 동행한다. 그들은 말을 나누지는 못했지만 서로 사랑하게 되어 결혼한다. 어쩌면 사랑은 말이 아닌 다른 것들로 오가는 것인지도 모르겠다. 눈빛으로, 표정으로, 몸짓으로.

왕의 등장은 그녀의 정신에 변화가 일어나고 있음을 나타내는 상징이다. 여성이 주인공인 동화 속에서 왕은 대체로 마지막에

The Redcrosse knight is captive made
By Gyaunt proud opprest:
Prince Arthur meets with Una great-
-ly with those news distrest.

등장한다. 백설공주는 일곱 난쟁이의 집에서 시험을 모두 치르고 난 뒤에야 왕자를 만난다. 계모의 모습으로 나타나는 여러 가지 성장의 관문을 통과하고, 마지막 유혹이자 관문이기도 한 독사과를 먹고 나서다. 백설공주가 그 모든 유혹과 관문을 모두 통과하자 비로소 왕자가 나타난다.
아버지가 악마에게 딸을 팔아넘기는 바람에 두 손을 잃어버린 〈손이 없는 소녀〉에서도 그렇다. 소녀가 집을 떠나 새로운 자기를 찾아 나서면서 비로소 왕을 만난다. 미숙하고 순진한 생각을 지닌 어린 소녀에서 벗어나 성숙하고 강인한 자기를 찾아나가는 과정에서 왕을 만나는 것이다. 동화 속 왕이 바로 강하고 듬직한 남성혼의 상징이기 때문이다.
쐐기풀 옷짜기 과정에 속도가 붙으면 이제 말과 생각에 대한 성찰이 깊어졌다고 볼 수 있다. 그 과정 속에서 그녀는

왕의 등장은 그녀의 정신이 성숙하고 강인해졌다는 의미다. 이제 그녀는 자신의 힘을 되찾고 이전과는 다른 존재로 변신할 준비가 되었다.
Walter Crane, The Redcrosse Knight Captive, 1894

불필요한 생각을 물리치는 법도 배웠을 것이고, 상처가 되는 말을 다듬는 법도 배웠을 것이다. 그러는 사이에 생각은 명료해지고 정신은 강력해졌을 것이다. 그러니 이즈음에 그녀의 정신처럼 강하지만 다정한 왕이 등장하는 것은 당연하다. 둘은 결혼한다.

왕의 등장은 내면의 남성적 중심이 확고해졌다는 의미다. 왕과의 결혼은 신분상승의 드라마가 아니다. 여성의 자아가 내면의 남성혼과 부드럽게 합쳐졌다는 것을 의미한다. 주인공이 남성인 이야기 속에서도 결혼은 비슷한 의미를 지닌다. 그의 여성혼과의 사랑스런 합일이 일어났다는 의미다. 그러므로 동화 속 결혼은 우리 내면에 서로 상반되는 두 에너지가 하나로 결합되었다는 의미로 읽을 필요가 있다. 서로 다른 방향을 향하던 여성혼과 남성혼이 하나로 결합되면, 여성은 더욱 강인해지고 남성은 더욱 부드러워진다. 여성은 정신이 진보하고, 남성은 영혼의 온화함과 수용성을 경험한다. 그리하여 그녀는 강인한 사랑의 주인으로 거듭나고, 그는 너그러움과 여유를 지닌 현명한 자로 성장한다.

비난과
집단의식

● 이 둘의 결혼과 함께 또 다른 시련이 나타난다. 왕의 어머니, 그러니까 로즈의 시어머니가 로즈를 비난하기 시작한 것이다. 처음부터 둘의 결혼을 탐탁지 않게 생각한 왕의 어머니는 로즈가 아이를 낳자 본격적으로 모함하기 시작한다. 아이를 빼돌리고 로즈의 입에 피를 발라 아이를 잡아먹었다는 누명을 씌운다. 그녀는 로즈를 이런 말로 비난한다. "왕비는 틀림없이 마녀다! 제대로 된 여자라면 밤중에 묘지 주위를 돌아다니지 않을 거다. 자기 자신에 대해 한마디도 설명하지 않는 걸 봐라."

이런 식의 비난은 주변에서도 쉽게 찾아볼 수 있다. '제대로 된 여자라면 밤중에 돌아다니겠어?' '제대로 된 여자라면 저런 차림으로 돌아다닐까?' '제대로 된 여자라면 저런 식으로 행동하지는 않겠지.' 대체 '제대로 된 여자'는 어떤 여자일까? '제대로 된 남자'는 어떤 남자이며, '제대로 된 아이'는 어떤 아이일까? 일상생활에서 무의식적으로 주고받는 비난 속에 이런 말들이 넘쳐난다. '정상이 아니야.' '제 정신이 아니야.' '미친 게 틀림없어.'

이런 비난은 밖에서 다른 사람의 입에서만 나오는 게 아니라 자기 자신을 향해 나오기도 한다. 마리 루이제 폰 프란츠는 여성의 내면에서 울리는 자기 비난의 목소리가 부정적인 남성혼의 메시지라고 한 적이 있다. 남성혼과 합일되면서 남성혼의 부정적 메시지도 한꺼번에 올라오는 것이다. 그래서 그녀는 이전과는 다른 차원의 위기에 봉착하게 된다.

앞에서도 밝혔듯이, 여성 내면의 남성혼은 정신이자 사고, 언어적 메시지를 관장한다. 여성의 남성혼이 긍정적으로 작용하면, 그는 자기 자신의 생각을 명확하고 논리정연하게 말하고 감정을 분명하게 전달할 수 있다. 그러나 반대로 여성의 남성혼이 부정적으로 작용할 때는 자신의 감정이나 욕망을 억압하고 스스로를 비난하고 감시하는 역할을 한다. 말하자면 내면에서 '난 안 돼', '이렇게 하면 욕먹을 거야', '난 형편없어' 라는 등의 메시지가 올라와 스스로를 무기력하게 만든다. 왕의 어머니의 입을 빌린 비난의 목소리는 집단의식의 부정적 그림자를 나타내기도 한다. 내면의 힘이 강력해지면 집단의식과 불가피하게 충돌하는 단계가 온다. 집단의식은 말 그대로 집단적인 것이어서 개인성보다는 집단적 평준화를 지향하기 때문이다. 쉽게 말해 모두가 비슷해진 상황에서 안정감을 느끼므로 다수의 의견과는 다른 생각이 등장하면, 그 힘을 억압하려는 충동이 일어난다.

사람들이 집단의식에 기대는 것은 그것이 안전하다고 믿기 때문이다. 우리는 살면서 우리의 가치관이나 신념체계를 일일이 하나씩 검증하면서 선택하지는 않는다. 대부분의 가치관은 내가 반성해볼 겨를도 없이 거의 무의식적으로 주입되고 스며든다. 그러기 때문에 사회는 늘 반성되지 않는 집단적 사고체계를 전제로 해서 굴러가게 되어 있다. 하지만 우리는 집단에 속해 있기는 하지만 각자 개성을 가지고 있는 독특한 존재이기도 하다. 그러니 집단의식과 늘 조화롭기는 힘들다. 더구나 개성이 싹트기 시작하고, 표출되기 시작할 때는 집단과의 의견충돌이 불가피하다.

개인의식이 싹트지 않은 상태에서는 주변과 아무런 갈등도 일어나지 않을 것이다. 옆 사람이 하는 대로만 하면 되기 때문이다. 옆 사람과 비슷하게 행동하고 비슷하게 말하며 비슷하게 옷을 입으면 된다. 그렇게 해도 삶에는 아무런 지장도 없다. 오히려 일상은 더 자연스럽고 무리 없이 굴러갈지도 모른다. 많은 사람이 이런 방식으로 살고 있는 집단에서 누군가가 이들이 말하고 행동하는 방식이나 가치관에 이의를 제기했다고 치자. 아마도 주변 사람은 그를 잡아서 감옥에 집어넣거나 아니면 병원에 데리고 갈지도 모른다. 그가 바로 공동체의 조화를 파괴했기 때문이다.

어떤 사회에서 개인으로 산다는 것은 그렇게 자연스러운 일이 아니다. 때로는 위험한 일이기도 하다. 왕의 어머니의 말은 집단의식의 관점에서는 타당하다. "제대로 된 여자라면 한밤중에 묘지 근처를 돌아다니지는 않을 거다." 당신도 그렇게 생각하고 있지 않은가. 밤중에 묘지 근처를 배회한다면 분명 이상한 사람이 틀림없다고. 더 나아가 그런 사람이 옆집에 산다면 수상하게 여길지도 모른다. 동네에서 의문의 살인사건이라도 생기면 분명 그 사람을 범인으로 지목할 것이다.

우리의 이야기 속에 로즈도 이와 비슷한 경우다. 그녀는 왕비가 되어서도 틈만 나면 쐐기풀을 다듬고 옷을 짜고, 말귀는 알아듣는 것 같은데 침묵으로 일관하고 있다. 게다가 밤이면 공동묘지 근처를 얼씬거린다. 왕의 어머니는 분명 질투 때문에 비난을 이어가지만, 그의 말이 그리 이상한 것도 아니다. 그녀가 아이를 잡아먹었다는 소문은 의심할 나위 없는 진실로 들릴 수도 있다.

어느 누구도 하지 않는 일, 이해할 수 없는 일을 하는 사람을 보면 사람들은 수군댄다. 그가 하는 일이 누구에게도 해를 끼치지 않아도 말이다. 이해할 수 없는 행동이 우리를 불안하게 하기 때문이다. 타인의 행동에 어떤 의미가 있는지 알아야, 그 행동이 나한테 득이 될지 해가 될지 판정할 수 있다. 그런데 기존의 관념으로는 포착할 수 없는 행동은 이상할 뿐만 아니라 불안감을 준다.

로즈는 그리하여 진퇴양난에 빠진다. 그녀도 자신의 행동이 다른 사람이 보기에 쉽게 납득할 수 없는 일이란 것은 안다. 그러나 자기가 하고 있는 일을 완수하려면 위험을 무릅써야 한다. 많은 이들의 오해와 비난을 감수해야만 할 수 있는 일이다. 파타 모르가나가 말했듯이 결코 쉽지 않은 일이다.

살다보면 때로 억울하게 주변 사람에게 오해를 받고, 그 때문에 비난을 받기도 한다. 선의로 한 행동이 악의적으로 해석되고, 무심코 한 일이 비난의 표적이 되기도 한다. 요즘은 가짜뉴스로 영혼을 탈탈 털린 유명인과 악성 댓글로 자살한 여배우의 이야기가 자주 화제가 되고 있다. 뉴스에 등장할 정도로 유명하지 않은 보통 사람들도 인생에 이런 비슷한 일이 일어난다. 학교와 직장에서 일어나는 집단 따돌림과 뒷담화, 누군가가 고의로 퍼트린 악성적인 소문까지 어쩌면 우리의 일상은 로즈가 처한 국면과 그리 크게 다르지 않을 수도 있다. 당신이 그 당사자라면 이럴 때 어찌할 것인가.

나는 이런 일을 당했을 때 끊임없이 스스로를 변호하고 해명했다. 아마도 대부분이 그렇게 할 것이다. 하지만 오해를 풀려고 하면 할수록 더 큰 오해가 쌓였으며, 부정적인 반응 역시 쉽게 사그라지지 않았다. 나중에 알게 된 사실은 비난이 논리의 문제가 아니라 감정의 문제에서 비롯된다는 것이었다. 그러니 비난한 당사자의 감정이 풀어지지 않으면, 해명은 역효과를 내기 마련이다.

누군가 당신을 비난한다면 당신이 크게 잘못해서라기보다는 당신이 그 사람의 감정을 상하게 했을 확률이 높다. 상대를 초라하게 느끼게 하거나 별 볼일 없는 사람으로 느끼게 하거나 자기가 마땅히 누려야 할 것을 빼앗길 것 같은 감정을 불러일으켰음에 틀림없다. 물론 여기서 일어나는 감정은 모두 여러 가지 색깔의 불안이다. 이 불안은 우리 일상에 늘 존재한다. 가족 간에도, 친구 사이에서도 일어난다. 그리하여 어머니는 딸을 비난하고, 아버지는 아들을 비난하며, 형제 사이에도 자매 사이에도 이 불안은 무의식적으로 달라붙는다. 왕의 어머니는 왜 불안했을까? 시어머니가 며느리한테서 느끼는 불안은 무엇일까? 마땅히 자신이 받아야 할 관심과 애정이 다른 여자한테 옮겨가는 것에 대한 불안이다. 어쩌면 그녀가 자기 아들을 잡아먹을지도 모른다. 그녀의 불안은 누명을 씌우는 것으로 바뀐다. 아이를 빼돌리고 왕비가 아이를 잡아먹었다고 소리 지른다. 대체로 비난은 자기 내면에 의식화되지 않은 어두운 욕망을 반영한다. 아이를 잡아먹으려는 것은 로즈가 아니라 왕의 어머니다. 그녀는 아들을 잡아먹고 있는 탐식증적 어머니의 전형이다. 그러므로 그녀는 자기가 하고 있는 일을 로즈에게 뒤집어씌운다. 사실 타인에 대한 비난을 곰곰 들여다보면 비난하는 당사자 자신을 향한 것임을 알 수 있다. 비난의 내용은 정확하게 비난하는 사람의 그림자를 보여준다. 외적 인격인 페르소나를 형성하는 과정에 부정적인 것으로 여겨져 밀려난 마음이 그림자를 만든다. 내가 하고 싶었으나 여러 가지 이유로 하지 못한 일을 다른 사람이 버젓이 하고 있으면, 그 사람은 비난의 대상이 된다. 그 사람은 '제대로 된 사람'이 아니다. 제대로 된 사람이라면 그렇게 행동하지는 않을 거라고 비난한다. 집단의식에 기댄 비난은 자기 마음을 숨길 수 있을 뿐 아니라 많은 사람한테 동의까지 받는다. 그러니 비난하는 최적의 방법일 수가 있다. 물론 이런 식의 비난은 결국 자기 얼굴에 침 뱉기지만 말이다.

그러니 당신이 인생에서 중요한 뭔가를 하고 있을 때 타인이 뭐라고 할지를 신경 쓰지 말라. 누군가 당신을 이해하지 못해 엉뚱한 소리를 해대며 비난할 수도 있겠지만, 그 말은 비난하는 그 사람 자신을 향한 말이다. 다시 말해 당신과 크게 상관없는 말이다. 거꾸로 당신이 지금 누군가를 비난하고 싶다면 잠깐 멈추고, 그 사람을 다른 눈으로 보라. 이 세상은 우리의 이해 범위를 넘어선 곳이니 이해할 수 없으면 그대로 내버려두자. 낯설고 이상한 것이 꼭 위험하지는 않으니 익숙하지 않다고 해서 무기를 들지 말자. 세상은 우리가 알고 있는 것보다 더 크고 복잡하고 신비롭다. 지금은 이해되지 않더라도 그 나름의 존재 이유가 있을 것이다.

로즈가 그랬던 것처럼 당신은 타인의 평가보다 더 중요한 것을 지켜야 하고, 누가 뭐라 해도 개의치 않고 해내야만 하는 일이 있다. 당신이 내면의 중심을 찾아가며 강해질수록 어쩌면 더 외부로부터 단절되고 소외되는 듯이 느낄 수도 있다. 전에는 편안했던 관계가 낯설어지고, 대화를 나눠도 더 이상 공감할 수 없을 것처럼 느껴질지도 모른다. 당신한테 잘못이 있어서가 아니다. 당신이 이전과는 달라졌기 때문이다. 서로 어울려 놀던 아이들이 때가 되면 각자의 길을 떠나듯, 어른이 된 우리 역시 인생의 어느 시점이 되면 다른 차원으로 거듭난다. 당신이 변했다고 서운해하는 오랜 친구들도 언젠가는 당신을 이해하게 될 것이다.

무덤을 찾아야 하는 이유

● 로즈가 마녀라고 낙인찍히게 된 결정적인 계기가 있다. 쐐기풀을 뜯으러 무덤가에 간 것. 실제로 쐐기풀은 아무 데서나 잘 자라는 흔한 풀이다. 무덤가에만 자라는 풀이 아니다. 그런데도 이야기는 그녀를 무덤가로 보낸다. 로즈는 무덤에 살고 있다는 라미아Lamia가 무서웠지만 두려움을 이기며 쐐기풀을 뜯으러 무덤가로 간다. 라미아는 아이를 잡아먹는다고 알려진 여자 유령이다. 라미아는 원래 아름다운 여자였다. 그런데 제우스 신이 그녀를 탐했고, 이를 알게 된 헤라 여신이 라미아의 아이들을 모두 죽였다. 그 이후로 라미아는 다른 아이들을 탐내게 되었고, 눈도 멀었다고 한다.

라미아에 대해서는 여러 이야기가 전해진다. 어떤 이는 라미아가 상체만 사람이고 하체는 뱀이라고 하고, 남자들의 꿈에 나타나 혼을 빼먹는다고도 한다. 또 다른 이야기 속에서는 라미아가 바다의 신 포세이돈의 딸로 묘사되기도 한다. 지나가는 뱃사람을 홀려 익사시키는 스킬라Scylla의 어머니라고도 한다.

신화학자 카를 케레니Karl Kérenyi는 라미아가 고대 달과 마법의 여신인 헤카테Hecate의 변형이라고 한다.[17] 헤카테는 여성혼의 어둡고 마술적인 측면을 나타내는 여신이다. 달이 만월이 되었다 사그라지고 검은 달이 되어 사흘 동안 어둠 속에 잠기는 것처럼 여성혼에는 어둡고 신비스러운 측면이 있다. 그 어둠 속에서 뭔가가 죽음 속으로 사라지기도 하고, 거기서 초승달처럼 새로운 생명이 태어나기도 한다.

케레니의 말대로 라미아가 헤카테 여신의 변형이라면, 아마도 여성혼이 가진 어두운 신비를 오로지 무섭고 두렵고 불길한 것으로 여겨지면서 만들어진 이미지로 보인다. 헤라의 질투 때문에 아이를 잃어버리고 괴물로 변신했다는 신화에서 나타나듯이, 라미아는 어쩌면 올림포스 신족들 이전에 자리 잡은 태고적 여신을 비방하면서 만들어진 이미지일 수도 있다.

로즈의 이야기 속에서 라미아가 무덤가에 산다고 하는데, 라미아의 헤카테적인 측면이 다시 부각되고 있는 것처럼 보인다. 무덤은 죽음의 장소이기도 하지만 한편으로는 다른 생명을 잉태하고 있는 곳이기도 하다. 여신의 관점에서 보면, 생명은 죽음 속에서 태어나고 다시 죽음으로 돌아간다. 그러므로 무덤은 앞으로 다시 태어나기 위한 기다림이 있는 곳이다. 그러니 이곳에서 자라는 쐐기풀은 죽음을 통과해 다시 부활하는 생명의 의미를 담고 있기도 하다. 다시 말해 무덤은 삶에서 죽음으로 그리고 다시 생명으로 되돌아오는 변환의 신비가 일어나는 곳이다. 그래서 다른 이야기 속에서도 무덤은 종종 마법이 일어나는 장소로 묘사된다. 그 전형적인 경우가 〈신데렐라〉다.

신데렐라가 변신하는 장소가 바로 어머니의 무덤이다. 그리고 변신이라는 마법을 일으키는 주문이 "나무야, 나무야, 가지를 흔들어 금과 은을 내려다오."라는 말이다. 신데렐라는 뒤뜰에

상체만 사람이고 하체는 뱀으로 알려진 라미아는 남자들의 꿈에 나타나 혼을 빼먹는다고 한다.
Isobel Lilian Gloag, The Knight and the Mermaid, 1890

있는 어머니의 무덤에 개암나무 가지를 심고 눈물로 그 나무를 키운다. 신데렐라가 춤추러 갈 수 있게 변신할 수 있었던 것은 디즈니 동화에 나오는 것처럼 갑자기 튀어나온 요정이 아닌, 무덤의 나무를 통해 돌아가신 어머니와 연결된 덕분이다.
무덤에서 자라는 쐐기풀도 이와 비슷한 의미를 지닌다. 마법의 힘을 가진 약초는 땅속의 어두운 힘을 흡수한 풀이다. 그 어두운 힘은 생명의 죽음과 탄생이 하나로 얽혀 있는 곳에서 생겨난다. 무덤은 말할 것도 없이 죽은 자들이 묻힌 장소다. 그렇다면 무덤가에서 자라는 풀은 죽은 자의 몸에서 피어났을 것이다. 그러니 탄생의 신비는 죽음의 신비와 맞닿아 있다. 그 둘을 하나로 이해하지 못한다면 죽음은 오로지 악마의 것으로밖에 여겨지지 않을 것이다. 정말 끔찍한 것은 죽음이 아니라 죽지도 살지도 못하는 것, 오도 가도 못하고 있는 것, 죽음을 두려워 해 삶을 정지시키고 있는 것이다.
무덤을 방문하는 일은 삶의 최종 신비인 죽음 근처에 다녀오는 일이다. 변신이 어두운 신비 속에서 일어나므로 변신하려는 사람은 그 어둠 속으로 걸어 들어가야 한다. 죽은 아내를 찾으러 저승에 간 오르페우스Orpheus처럼, 죽음을 이해하려 저승으로 걸어 들어간 이슈타르Ishtar 여신처럼, 로즈 역시

신데렐라의 마법적 변신은 어머니
무덤에서 자라난 나무에서 일어났다.
무덤은 삶과 죽음이 교차하는 신비가
일어나는 곳이기 때문이다.
Arthur Rakham, A Midsummer Night's
Dream, 1908

어두운 밤에 죽은 자들의 장소를 찾았다. 그리고 그 세계에서 얻은 쐐기풀로 오빠들을 다시 사람으로 되돌려 놓을 옷을 짠다. 무덤가는 죽음을 명상하기 좋은 장소다. 무덤가에서 우리는 죽은 이들과 대화하며, 그들과 음식과 술을 나누기도 한다. 무덤가에서 우리는 태어나고 죽는 일이 보편적이며, 삶과 죽음이 단절이 아니라 연속적인 것이라는 것을 어렴풋이 느낀다. 우리는 어디선가 왔으며, 다시 온 곳으로 돌아갈 것이다. 거꾸로 죽은 자들은 지금 어디론가 떠났으므로 언젠가는 다시 돌아올 것이다. 생사는 이곳에서 저곳으로 옮겨가는 것뿐이다. 그러므로 지금 이곳에서 우리가 어떤 여행을 하고 있는지가 중요하다. 당신의 여행은 어떠하신가.
로즈는 무덤에서 쐐기풀만 얻어온 것이 아니다. 풀 한 포기도 공중에서 그냥 얻어지는 것이 아니다. 잃어버린 아이를 찾으러 무덤을 헤집고 있는 여자들도 보았을 것이고, 그 슬픔으로 남의 아이를 잡아먹는 여자들도 보았을 것이다. 아이를 무자비하게 죽여버린 하늘 신들의 질투도 보았을 것이다. 그런데도 땅은 늘 새로운 생명과 아이들을 내놓는다는 것도 어렴풋이 느꼈을 것이다.
마리 루이제 폰 프란츠는 쐐기풀을 '별꽃star flower'으로 해석했다.[18] 정말 쐐기풀 꽃이 별처럼 생겼다면 밤의 무덤가에 핀 꽃은 땅에서 빛나는 별과 같았을 것이다. 별은 먼 미래이자 희망을 상징한다. 무덤가에 별 모양의 꽃이 피어나니, 언젠가는 이 죽음의 땅에서 새로운 생명이 꽃처럼 피어날 것이다. 아니 이미 그렇게 꽃들이 피어나고 있다.

마녀와
심리적 투사

● 로즈를 비난하던 왕의 어머니는 마치 라미아처럼 로즈의 아이를 빼돌린다. 그녀가 자신의 아이를 빼앗겼다고 느꼈기 때문이다. 왕은 그녀의 아이다. 그녀는 어쩌면 자신이 한 행위가 정당하다고 생각했을 수도 있다. 그녀 내면의 메시지는 아마 이런 것이었으리라. '네가 내 아이를 빼앗아가니 나는 네 아이를 빼앗아야겠다.' 일종의 복수인 셈이다. 그리고 로즈가 아이를 잡아먹었다고 헛소문을 퍼트린다.

악의적인 행동에도 나름의 이유가 있다. 물론 그 이유를 잘 들여다보면 크나큰 착각에서 비롯되기도 하지만 말이다.

타인에 대한 악의적인 행동은 시기나 질투에서 비롯되는

경우가 많다.

히브리인의 신화집인 〈구약성서〉에서도 최초의 살인은 부모의 편애 때문에 일어난 것으로 묘사하고 있다. 형제간의 애정 다툼이 그 원인이었다. 누군가 나보다 더 인정받고 사랑받는다는 자체가 내 생존을 위협하는 신호로 느낄 수도 있다. '내가 살기 위해서 너를 해치는 것은 너무 당연하다. 내가 너를 해친 것이 아니라 네가 먼저 나를 해쳤다. 그러니 내가 너에게 하는 복수는 정당하다.' 이것이 질투와 시기심에 사로잡힌 사람들의 마음의 메커니즘이다.

하지만 아벨이 카인보다 더 사랑받았다는 것이 카인만의 느낌이라면 어떨까. 다시 말해 실제로 그랬던 게 아니라 카인이 그냥 그렇게 느꼈을 뿐이라면. 자기 자신이 왜소하고 볼품없게 느껴진 게 다른 사람 때문이 아니라 자기 자신의 굴절된 마음 때문이었다면. 카인은 농사를 지었고 아벨은 목축을 했다는데, 농사를 짓다보니 너무 힘들어서 목축을 하는 아벨이 부러웠던 것은 아니었을까. 왜 우리도 그렇지 않은가. 남들이 하는 일은 다 쉬워 보이고 나만 힘든 것 같다는 생각이 들고, 그러다보면 나만 빼고 남들은 다 잘사는 것만 같고 다 미워지기도 하니 말이다.

내가 나로부터 나와서 바깥에서 바라보면 세상에서 나만 힘든 게 아니다. 사회의 불공정은 바로잡아야 하는 일이지만 인생의 모든 고뇌와 감정은 사회 정의로 모두 해결되는 것만도 아니다. 마음의 굴절과 착각으로 일어난 고통은 다른 차원에서 해결될 필요가 있다. 여기서 필요한 일은 자기 자신의 생각과 마음을 바깥에서 들여다보는 훈련이다. 로즈가 침묵 속에서 쐐기풀 옷을 짜며 한 일이 바로 그런 것이었으리라.

반면 왕의 어머니는 쐐기풀 옷을 짜본 적도, 그럴 필요조차도 느껴보지 못한 아직 미성숙한 인성을 보여준다. 자기 내면을 한 번도 들여다보지 못한 사람은 자기 자신의 모습을 다른 사람에게서 뒤집어 씌워 바라본다. 이렇게 타인을 바라보는 것을 일컬어 '심리적 투사'라고 한다. 자신의 아이인 왕을 잡아먹고 있는 것은 정작 자기 자신인데, 그 모습을 미워하는 상대인 로즈에게 투사한다. 로즈의 아이를 빼앗고 로즈가 아이를 잡아먹었다는 누명을 씌운다.

타인에게 누명을 뒤집어씌우는 사람들의 심리 속에는 자기 자신을 향한 내면의 고백이 들어 있다. 타인에게 거짓말쟁이라는 누명을 씌우는 사람은 누군가에게 무의식적으로 거짓말을 하고 있는 사람일 테고, 사기꾼이라는 누명을 씌우는 사람은 그 자신이 속임수를 쓰고 있는 사람이다. 누명뿐 아니라 타인을 비난하는 말 속에는 자기고백적인 내용이 들어 있는 경우가 많다. 자기 모습을 타인에게서 발견하는 심리적 투사가 작동하기 때문이다.

심리적 투사는 개인의 역사 속에서 뿐만 아니라 공적 역사 속에서도 수없이 작동했다. 그중에 오랫동안 집단 트라우마로 내면 깊숙이에서 소용돌이치고 있는 사건 중에 하나가 마녀사냥으로 대표되는 종교재판이다. 이 이야기 속 로즈가 누명을 쓰고 화형대에 서게 된 장면 역시 이 사건과 관계가 있다. 12세기 후반부터 시작되어 짧게는 300년 동안 길게는 600년 동안 이어진 이 이상하고도 잔혹한 종교재판의 집단광기는 서구적 정신사에 어두운 그늘을 남겼다. 혼자 사는 여자, 과부, 마을의 치료사, 산파 들이 악마와 내통하여 마법을 신봉한다는 혐의로 고발되고 고문받고 학살되었다. 현대의 마녀부활운동에 불을 지핀 페미니스트 환경운동가인 스타호크는 이 사건의 뿌리에 자연을 숭배하는 여신종교에 대한 오해와 두려움이 자리 잡고 있다고 본다.

당시에 마녀라는 혐의로 고발된 사람들은 실제로는 마법이나 악마와는 아무런 관계도 없는 보통사람이었다. 혼자 외따로 떨어져 산다거나 커다란 개를 키운다거나 마을 사람들과 잘 어울리지 못한다거나 하는 이유에서 그녀들은 마녀로 몰렸다. 그렇지 않으면 장애가 있거나 이상하게 생겼거나 아니면 거꾸로 지나치게 아름답거나 지나치게 부유하기 때문이기도 했다. 아무튼 고발의 이유는 무엇이든 상관없었다는 이야기다. 무엇이 되었든 누군가가 눈에 거슬리거나 맘에 들지 않아 마녀라고 고발하면, 즉시 그 사람은 종교재판에 회부되어 심문받고 죽을 때까지 고문받았다. 이 말도 안 되는 광기로 인해 어떤 마을에서는 한 여자만 살아남았다고 한다(이 이상한 광기는《세일럼의 마녀》라는 책에 압축적으로 묘사되어 있다).

종교재판의 광기, 즉 종교 권력이 타인을 향한 혐오와 하나가 되어 그야말로 인간 내부에 자리 잡은 악마성을 드러낸 사례다. 실제로 벌어진 이 무시무시한 사건은 집단의 심리적 그림자가 타인에게 어떻게 투사되고 악으로 변모하는지를 보여준다. 길게 이어진 종교재판의 폭력을 통해 서구 기독교는 민간에서 사라지지 않던 자연과 계절을 숭배하는 의례를 뿌리 뽑을 수 있었고, 여성의 계보를 통해 이어져온 약초와 동식물을 치유하는 민간전통을 뿌리 뽑을 수 있었다. 더불어 음유시인들을 통해 전해지던 낭만적 신화를 몰아낼 수 있었다.

고전동화는 바로 이 기간 동안 어렵게 살아남기 위해 몇 겹의 상징이라는 옷을 입고 소박하고도 이상한 이야기로 모습을 바꾼 신화적 이야기다. 기독교의 이분법적 세계관과는 다른 이 마법적 세계관은 민담의 형식으로 구전되다가, 18세기에 이르러 문자로 정리되어 '동화'라는 안전한 이름으로 전해지게 된다. 그야말로 어린이를 위한 이야기인 동화를 어른들은 쉽게 무시하고 하찮게 여겼기 때문이다. 이 하찮아 보이는 이야기 속에는 그러나 엄청난 비밀이 숨어 있다. 물론 그 비밀은 상징의 덮개를 열 만한 호기심과 끈기를 가지고 있는 사람에게만 알려지지만 말이다.

로즈의 화형 장면은 어쩌면 오랫동안 아무런 죄 없이 타인의 질시와 비난으로 고통스럽게 죽어간 수많은 사람들을 위한 애도의 장면인지도 모른다. 로즈는 이 위험 속에서도 오빠들을 사람으로 되돌리겠다는 일념으로 오로지 쐐기풀 옷짜기에만 집중한다. 어쩌면 백조로 변한 오빠들은 기독교의 하늘나라라는 가상에 사로잡혀 인간성을 잃어버린 남성의 상징일지도 모른다. 땅과 자연, 풀과 나무와 동물들의 아름다움을 느끼지 못한 채 오로지 저 너머 추상적 세계에 홀려 누이를 알아보지도 못하고, 생명의 존귀함에 대한 감각을 잃어버린 사람들을 상징하는지도 모르겠다. 도덕과 선을 이야기하지만 주변 사람을 사랑하는 법을 잃어버렸으며, 건강한 삶을 이야기하지만 온 존재의 조화로운 공존에는 관심도 없으며, 영성을 이야기하지만 다른 생명의 존엄과 아름다움에는 눈이 먼 사람들을 상징하는지도 모르겠다. 오래전에 지나간 사건이지만 마녀들의 후예는 지금도 그들을 사람으로 돌려놓기 위해 수백 년 동안 쐐기풀 옷을 짜고 있다. 로즈처럼 그들은 침묵 속에서 아무도 모르게 주문을 외우며 가슴 속에 깊은 슬픔을 삭이면서 각자의 자리에서 쐐기풀 옷을 짜고 있다. 마침내 때가 되어 화형대 주변을 에워싼 열두 명의 오빠들 날개에 쐐기풀 옷을 하나씩 던지게 되었을 때, 그리하여 그들이 모두 사람으로 돌아왔을 때 로즈는 비로소 입을 연다. "저는 결백합니다." 그녀는 아이를 잡아먹지도 않았고, 악마와 내통하지도 않았으며, 타인을 해치려는 목적으로 마법을 사용하지도 않았다.

되살아나는 꽃나무

● 불길이 타오르던 화형대에서는 장미가 자라나 꽃을 피우기 시작했고, 죽은 줄 알았던 아이들은 모두 살아 돌아온다. 어떻게 화형대에서 장미가 자라고 죽은 아이들이 되돌아오는 것일까? 화형대의 나무는 바싹 말라 물기를 잃어버린 건조한 나무를 상징한다. 기독교의 성령은 불로 나타난다. 불은 어둠을 밝히고 세상을 따뜻하게 하지만, 과하면 모든 것을 태워버려 사라지게 만든다. 종교재판의 희생자에게 선고된 화형은 악에 사로잡힌 그들의 영혼을 불태워 영원히 사라지게 하고 동시에 불로 정화한다는 의미를 가지고 있었다. 자연 속에서 불은 대기가 건조해졌을 때 발화한다. 인간의

정신이 생명의 물기를 잃어버리고 열기에 과하게 휩싸이면 불이 난다. 내면의 과도한 불을 광기라 부른다. 생명과의 유대감을 잃어버린 정신은 화형장의 불길과도 같다. 죄 없는 사람을 태우고 고통을 준다.
로즈가 긴 시간 동안 정성으로 짠 쐐기풀 옷은 불길에 휩싸인 정신을 진정시키는 옷이다. 로즈를 화형대로 몰고 간 집단의 광기는 쐐기풀 옷이 정신을 가라앉히는 순간 자연히 꺼진다. 광기의 불이 사그라진 마음은 다시 안정을 되찾고 주변을 살펴보고 형제자매를 알아본다. 누군가를 해치려는 목적으로 세워진 형장의 나무 역시 하늘과 땅을 연결하여 지상의 생명을 돌보는 본래의 목적을 되찾는다. 긴 악몽에서 깨어난 것이다.
나무는 원래 땅에 뿌리를 박고 하늘을 바라보면서 꽃과 열매를 맺는 존재다. 나무는 가지로 하늘을 떠받들지만, 땅속에서는 멀리 퍼져나가는 뿌리로 다른 나무들과 연결된다. 고대의 현자들은 사람을 나무에 비유했다. 사람 역시 나무처럼 똑바로 서서 세상에 맑은 공기와 시원한 그늘, 아름다운 꽃과 다른 생명을 위한 열매를 만들어내는 삶을 살아야 한다고 여겨서다.
당신의 나무는 불길에 휩싸인 화형대의 나무인가 아니면 장미를 피워내는 나무인가.

정신이 백조의 날개를 벗게 되면
우리 두 팔은 사람을 끌어안고
포옹하는 역할을 한다. 잃어버렸던
사랑은 되돌아오고 생명은 다시 꽃을
피울 것이다.

Walter Crane, Queen Summer, 1891

사라진 아이들은 그녀가 낳은 미래의 생명이다. 우리가 아이가 태어날 때 기뻐하는 것은 그들이 이 세상이 잃어버린 빛과 생기를 다시 가져오기 때문이다. 그래서 성자의 탄생일만 축하하는 것이 아니라, 우리 모두의 아이들이 이 세상에 온 날을 기념하고 축하한다. 오빠들이 백조가 된 세계에서는 아이들이 태어나지 못한다. 생기가 사라졌을 뿐 아니라, 따스한 접촉도 포옹도 부드러운 눈맞춤도 사라진 세계이기 때문이다. 정신이 백조가 되어 하늘을 배회하게 되면, 몸은 정신의 노예가 되어 끌려 다닌다. 노예가 된 몸처럼 고통스러운 몸은 없다. 지구의 몸인 자연 역시 인간의 노예가 되어 고통스런 노역으로 시들어가고 있다. 끝도 보이지 않는 넓은 평야에 연병장에 도열한 군인들처럼 일렬로 줄지어 열매를 맺어야 하는 식물들을 보라. 땅은 쉬지도 못하고 다른 풀과 나무, 그 사이를 오가는 동물을 만나지도 못한 채 공장의 기계처럼 생산의 압박에 시달린다. 대량 사육으로 병들어가는 고통스러운 동물들, 그리고 화학물질로 오염된 채로 대량재배되어 먹거리로 팔려나가는 식물들. 모두 인간의 노예가 된 지구의 몸이다. 우리 몸과 지구의 몸은 하나로 연결되어 있다. 지구가 고통 받는다면 우리 역시 고통 받는다.

우리의 정신이 몸과 다시 연결되고 몸을 사랑하는 친구로 여길 때, 우리는 다시 생기를 되찾을 것이다. 생기를 되찾으니 아이처럼 싱그러워지고, 아이처럼 즐거워지고 솔직해질 것이다. 정신이 백조의 날개를 벗게 되면 우리 두 팔은 누군가를 포옹하고 손을 맞잡을 것이다. 우리 두 팔은 세상을 움켜쥐고 지배하려 허황된 날갯짓을 하기 위한 도구가 아니라, 사람을 끌어안고 땅을 돌보는 일을 하게 된다. 그런데 왜 오빠 하나는 한쪽 날개를 그대로 가지고 살아야 했을까? 그 비밀은 당신의 쐐기풀 옷짜기가 끝나는 날 아마 저절로 알게 되리라.

이름의

비밀

룸펠슈틸츠헨

사람은 저마다 각자의 고유한 개성이 있고 독특한 마음의 결을 지니고 있다. 하지만 사회화 과정을 거치면서 자신도 모르는 사이에 집단의 가치를 당연하게 받아들이며 살아간다. 사회를 지배하는 주류 가치는 때로 개인의 내면에 어두운 그림자를 드리우기도 한다. 경제적 부와 성공에 대한 강박이 지배하는 세계에서 우리는 어떤 선택을 해야 자신의 고유성과 존엄을 지키며 살아갈 수 있을까.

〈룸펠슈틸츠헨Rumpelstilzchen〉이라는 이상한 이름을 가진

이야기가 있다. 그 이름만큼 이상한 난쟁이를 통해 이 문제를 묻는다. 그림 형제 판본에는 〈룸펠슈틸츠헨〉으로 되어 있지만 이와 비슷한 이야기는 여러 판본으로 꽤 많은 곳에 흩어져 있다고 한다. 깊은 밤 열쇠 구멍이나 문틈으로 들락거리기도 한다는 이 환상적인 존재는 여러 이름으로 불리며, 만나는 사람에 따라 모습을 달리하면서 나타나기도 한다. 당신의 인생에는 어떤 모습으로 그가 나타날까. 혹시 그를 만난다면 절대로 당신의 이름을 알려주지 말기를.

룸펠슈틸츠헨

옛날 방앗간집 주인남자에게는 딸이 하나 있었다. 그는 우쭐해하며 말도 안 되는 거짓말을 꾸며내 딸 자랑을 하고 다녔다. “우리 딸은 물레를 돌려 지푸라기를 금으로 만들 줄 안다네.” 이 말은 급기야 왕의 귀에까지 닿았다. 왕은 사실을 확인해보고 싶어 방앗간집 딸을 왕궁으로 불렀다. 왕은 방안 가득히 지푸라기를 쌓아놓고 딸에게 명했다. “하루 안에 이 짚을 금실로 바꿔놓지 못한다면 너는 목숨을 내놓아야 한다.”
망연자실한 딸이 할 수 있는 것은 짚더미 앞에서 우는 것뿐이었다. 그때 작고 이상하게 생긴 남자가 어디선가 나타났다. 자신이 문제를 해결해주겠다면서 대가를 요구했다. 방앗간집 딸은 목에 걸린 목걸이를 빼서 주었다. 남자가 물레를 세 번 돌리자 지푸라기들이 모두 금실이 되어 쏟아져 나왔다. 이튿날 아침 방안 가득 수북이 쌓인 금실을 본 왕은 더 큰 방에 더 많은 짚을 쌓아놓고 똑같이 요구했다. 딸은 역시 이번에도 울기만 했다.

그러자 그 작은 남자가 다시 나타나 또다시 물레를 돌려 금실을 쏟아냈다. 이번에 그녀가 대가로 내놓은 것은 손가락에 끼고 있던 반지였다.

세 번째 되던 날 왕은 그보다 더 큰 방에 더 많은 양의 짚을 쌓아놓고 이렇게 말한다. "이 짚을 모두 금실로 바꿔놓으면 너를 아내로 맞겠다. 그러나 그러지 못할 때는 목숨을 내놓아야 한다." 이번에도 그 작은 남자가 문제를 해결해주겠다고 나타났지만, 딸은 더이상 내놓을 것이 없었다. 그러자 그 남자는 앞으로 태어나게 될 아이를 요구했다. 방앗간집 딸은 그러기로 약속한다. 작은 남자는 커다란 방을 어마어마한 양의 금실로 채웠고, 방앗간집 딸은 왕과 결혼했다.

시간이 흘러 왕비는 아이를 낳았다. 작은 남자는 왕비를 찾아와 약속한 대로 아이를 데려가겠다고 했다. 왕비는 아이 대신 왕국의 모든 재산을 주겠다고 제안했다. 그러나 왕비의 제안은 소용이 없었다. 왕비는 절망에 빠져 통곡했다. 왕비의 통곡에 마음이 누그러진 남자는 다른 제안을 내놓았다. "삼일 안에 내 이름을 알아낸다면 아이를 그냥 가져도 좋아."

왕비는 사람을 보내 가능한 모든 이름을 알아오라고 명했다.

그러나 첫째 날도 둘째 날에도 그 남자의 이름을 알아낼 수 없었다. 마침내 셋째 날이 되던 날 하인이 돌아와 이렇게 말했다. "새로운 이름은 하나도 찾아낼 수 없었습니다. 하지만 얼마나 외진 곳인지 여우와 토끼가 서로 밤인사를 나누는 어떤 거대한 산기슭에서 숲 모퉁이를 돌았을 때 작은 오두막 하나를 보았습니다. 오두막 바로 앞에 불이 피워져 있고, 정말로 이상하게 생긴 작은 남자 하나가 불 주위를 빙빙 돌면서 춤추고 있었습니다. 그는 깡충깡충 뛰면서 이렇게 노래했습니다. '오늘은 빵을 굽고 내일은 술을 빚어야지. 모레면 아이는 내 것이 된다네. 아, 얼마나 좋아. 내 이름을 아무도 알지 못하니. 내 이름은 룸펠슈틸츠헨!" 왕비는 결국 수수께끼를 풀었다. 이상하게 생긴 작은 남자는 너무나 분해 발로 땅을 꽝꽝 두드리다 오른발이 땅속으로 삐끗하면서, 허리까지 빠지게 되었다. 그러자 작은 남자는 분을 참지 못하고 두 손으로 왼발을 잡아당겼고, 그 바람에 몸이 두 동강이 나 땅속으로 꺼져버렸다.[19]

아 버 지 와
딸

● 이야기는 방앗간을 운영하는 남자가 딸 자랑을 하면서 시작된다. 그는 자기 딸이 지푸라기로 금실을 만들 줄 안다는, 말도 안 되는 거짓말을 하고 다녀 딸을 곤경에 빠트린다. 그는 왜 이런 말을 하고 다녔을까? 방앗간을 운영하고 있었으니 곡식이 가루가 되어 쏟아져 나오는 것을 보면서 그게 모두 금화였으면 얼마나 좋을까 하고 헛된 꿈을 꾸었을 수도 있다. 방앗간 기계나 물레나 모두 빙빙 돌면서 물건을 만들어내니 방앗간의 꿈이 물레의 꿈으로 바뀌었을 수도 있겠다.

방앗간은 요즘 말로 하면 제분소다. 방앗간은 사랑이 오가는 낭만적 공간의 은유로 쓰이기도 하지만 이 이야기 속에서는 다르다. 방앗간은 뭔가를 가공하는 공간이다. 방앗간 주인은 기계를 빌려줌으로써 먹고사는 사람이다. 말하자면 일종의 임대업자인 셈이다. 건물이나 토지 같은 부동산뿐 아니라 이제는 자동차와 가전제품까지도 임대하는 세상이다. 정말 방앗간쯤이야 하며, 아주 소박한 임대업으로 여길 수 있겠다. 하지만 이야기가 탄생한 시대를 생각해 보면 새로 도입된 기계와 기계 생산으로 생겨날 수 있는 부와 계약의 위험이 방앗간집 주인이라는 인물이라는 상징 안에 고스란히 압축되어 있다.

이 이야기 뿐 아니라 〈손 없는 소녀〉에서도 엉뚱한 계약으로 딸을 곤경에 처하게 만든 아버지 역시 방앗간집 주인이다. 여기서는 아버지가 방앗간 운영이 여의치 않자 딸을 악마에게 넘긴다. 물론 처음부터 그러려고 한 것은 아니었다. 그는 부자가 되게 해주겠다는 낯선 이의 제안에 자기 집 뒤뜰에 있는 것을 팔기로 약속한다. 그는 뒤뜰에 있는 사과나무를 떠올리고 한 약속이지만, 그 시간 뒤뜰에서는 딸이 거닐고 있었다. 아버지의 실수로 딸은 악마에게 넘겨지게 된다. 하지만 너무 심하게 우는 바람에 악마는 딸을 데려가지 못한다. 화가 난 악마는 그 대신 딸의 손을 잘라가 버린다.

작은 남자가 물레를 세 번 돌리자,
지푸라기가 모두 금실이 되어
쏟아졌다. 작은 남자에게는 너무나
쉬운 일이었다.
Andrew Rang, Rumpelstiltskin, 1889

손을 잃어버렸다는 것은 자기 힘으로 아무것도 할 수 없는 상태가 되었다는 것을 의미한다. 그녀는 아버지의 어리석음으로 두 손을 잃어버리지만, 결국 자신의 힘으로 잃어버린 두 손을 되찾는다. 이 이야기 속에서도 딸을 무력하게 만드는 것은 방앗간집 주인인 아버지의 어리석음이었다. 동화 속 방앗간집 주인은 늘 생명과 여성성을 빼앗아가려는 어두운 힘과 어리석은 계약을 맺는 것으로 그려진다. 그는 늘 부를 원한다. 그것도 일확천금을 원하지만, 정작 삶에서 중요한 것은 잃어버린다. 그의 생각이 반복적으로 돌아가는 기계를 닮아서 그 너머에 무엇이 있는지 살펴볼 수 있는 눈을 잃어버렸기 때문이다.

왜 이런 종류의 이야기가 여럿 생겨난 것일까. 실제로 딸을 파는 아버지가 많아서였을까. 과거에 그런 양심 없는 아버지도 더러 있기야 했겠지만, 우리의 주제는 상징이다. 따라서 생산방식이 변한 아버지의 세계에서 젊은 여성이 난국에 처한 이야기로 해석할 수 있다. 딸을 파는 아버지가 등장하는 이야기는 무언가를 팔지 않으면 살 수 없는 사회에서 사람들이 처한 난국을 다룬다. 매매가 무엇보다도 중요해진 사회에서 가장 먼저 여성적인 것이 팔려나갔음을 말해주고 있기도 하다.

우리의 이야기에서는 아버지가 딸을 희생시키는 게 아니라 거꾸로 딸을 미화하고 있는 게 아니냐고 반문할 수도 있겠다. 지푸라기를 금실로 만들 줄 안다니 딸은 대단한 능력자임에 틀림없다. 아버지가 이렇게 말하고 다니는 것을 보니 언뜻 보기에는 여성을 무시하는 것 같지는 않다. 하지만 이 경우도 앞의 아버지들과 다를 바 없다. 오히려 더 적극적으로 딸을 시장에 내다파는 셈이다. 일종의 과장과 허풍이 덧붙여진 광고를 통해서 말이다.

'우리 딸은 지푸라기를 금실로 만들 줄 안다네.' 이 말은 우리 딸이 이만큼 유능하니 사고 싶은 사람은 사라는 말로 들릴 수도 있다. 사고파는 일이 일상이 된 사회에 살고 있는 우리는 이런 상황이 별로 문제될 것도 없다고 여길 수도 있겠다. 우리는 뒤뜰에 서있는 사과나무만 파는 것이 아니라, 노동을 팔고 능력을 팔고 그 대가로 우리의 가치를 환산하기도 하니 말이다. 만약 지푸라기를 금실로 바꿀 줄 아는 딸을 둔 아버지라면 당연히 온 세상을 다니며 자랑했을 것이다. 설사 딸이 그렇게 할 수 없다고 해도 먼 미래에 그렇게 될 수도 있으니, 딸의 사기도 높여줄 겸 그런 허풍을 떨고 다닌다고 뭐 큰 해가 되겠는가. '우리 애는 계산을 얼마나 잘하는지 몰라요.

하루 안에 지푸라기들을 금실로 바꿔놓지 못한다면 죽음을 면치 못할 것이다. 아무것도 할 수 없는 그녀는 절망에 빠져 울기만 했다.
Charles Robinson, Blue Beard, 1900

아마 나중에 금융계의 큰 인물이 될 거야.' 요즘 식으로 말을 바꾸면 이런 의미쯤 될 테니 말이다. 물론 듣는 사람한테는 어처구니없는 말이거나 별로 귀담아 들을 필요 없는 과장이겠지만, 당사자에게는 꼭 그런 것만도 아니다. 우리는 지금 지푸라기를 금실로 바꾸기를 요구하는 아버지의 세계에서 딸이 어떻게 자기를 보존하며 살아갈 수 있는지를 이야기하고 있다. 이야기의 출발점에서 딸은 아버지의 거짓말에 묶이고, 두 번째는 왕의 검증 요구에 묶인다. 그녀는 아버지-왕-난쟁이로 이어지는 남성의 세계에서 자기 힘으로는 아무것도 할 수 없는 사람으로 그려진다. 갇혀 있는 그녀가 이 세계에서 할 수 있는 것은 우는 것뿐이다. 누군가가 나타나 자신을 이 난관에서 벗어나게 해주기를 바라면서.

아니무스

아버지, 왕, 난쟁이라는 이야기 속 세 남자는 딸의 내면에서 힘을 발휘하고 있는 아니무스animus의 모습으로 해석될 수 있다. 여성 내면에 자리 잡은 남성적 인격인 아니무스는 공격성이나 주장을 관철시키는 힘으로, 또는 주어진 상황을 판단하고 가치를 언어화하는 힘으로 나타나기도 한다. 아니무스가 긍정적으로 작용할 때는 세상을 편견 없이 바라보고, 명확히 사고하고, 추진력 있게 행동하게 해준다. 하지만 부정적으로 작용할 때에는 이와 정반대로 근거 없는 편견에 사로잡히고, 고집스럽게 자기 생각에 집착하고, 오히려 아무런 행동도 할 수 없게 막아서는 역할을 한다.

내면에서 작동하는 아니무스는 상당 부분 사회화되면서
남성적 세계로부터 무의식적으로 흡수한 것으로 만들어진다.
아버지나 남자 형제, 친구 등등 자라면서 만난 수많은
남성의 이미지가 하나하나 모여 아니무스 상을 만들어낸다.
이렇게 만들어진 아니무스 상은 여성 내부의 숨은 인격으로
작용한다. 그런데 이 아니무스 인격은 주로 누군가를 판단할
때 튀어나온다. 누군가를 판단한다는 것은 자기 생각을 옳다고
주장하면서 자신의 힘을 확인하는 일이기 때문이다. 하지만
그렇게 하는 판단이 늘 옳은 것은 아니다.
누구나 타인을 판단할 때 그러는 자신의 생각이 옳다고 믿는다.
하지만 타인을 판단할 때 명확한 근거를 가진 진실보다는
자신도 알지 못하는 경로를 통해 흘러들어온 가치 기준이
작동하는 경우가 많다. 신문에서 봤다거나 누군가 나보다
지위가 높거나 권력을 가진 사람이 그렇게 말했다든가 하는
경우다. 옳고 그름이나 도덕성 등을 놓고 하는 많은 판단이
나의 반성적 사고를 통해 결정된 것이 아니라, 주변에서
습관적으로 하는 말을 받아들인 경우가 많다는 것이다. 나를
움직이는 가치관과 판단 기준이 당연히 옳은 것 같아도 정말
이성적으로 곰곰이 따져 보면 적당한 이유나 근거가 없을 때가

많다. 그런데도 마음 안에서 이런 메시지들이 힘을 가지고 있는 것은 우리의 지성이 발달하기 이전에 무의식적으로 흡수되어 버렸기 때문이다.

프로이트와 융 학파 심리학자들은 이 메시지가 아버지의 세계로부터 왔다고 여겼다. 오랫동안 사회규범이나 가치관을 정립하고 그 힘을 행사하는 주체가 바로 아버지로 상징되는 성인 남성이었기 때문이다. 그래서 개인의 내면에서는 실제 아버지의 메시지뿐 아니라 아버지가 살았던 시대의 집단적 가치관과 규범이 명령체계로 살아남아 있다.

남성의 내면에서 울리는 아버지의 메시지는 한편으로는 자신의 인성과 동일시되기도 한다. 또 한편으로는 정반대로 아버지의 명령을 거역함으로써 자신만의 특별한 아버지의 세계를 구축하는 토대가 된다. 그러나 여성의 내면에서는 성이 다른 아버지는 일종의 타자로 경험된다. 쉽게 자기 자신과 동일시되지는 않으면서도 자신을 지배하는 힘으로 경험되는 것이다.

오랫동안 현실의 아버지는 관계에서 군림해왔기 때문에 내면의 아버지 역시 내 위에 군림하는 힘으로 나타난다. 이 힘이 내 안에서 무의식적으로 작용할 때 나도 모르게 타인을 지배하고 싶어진다. 그리고 그러기 위해 언어적 메시지를 이용한다. 이때 내뱉게 되는 말은 대부분 타인을 평가하는 말 일색이다. '걔는 틀렸어.', '어쩌면 그럴 수가 있어. 양심도 없나 봐.', '남부끄러운 줄 알아야지.' 이런 말을 바꿔 말하면 이렇다. '나는 옳아', '나는 정해진 규범을 잘 지키는 모범적인 사람이야.', '나는 늘 남의 눈을 신경 쓰며 살고 있어.' 이 모든 판단의 근거는 '내 생각이 옳아'다. 자신이 옳다고 믿는 이유를 되물으면 답은 '어쨌든 그냥 옳기 때문'이다. 판단이 무의식적으로 일어난다는 것은 이런 의미다.

이런 무의식적인 판단이 외부의 타인에게로만 향하는 것은 아니다. 거꾸로 자신의 내면에서도 끊임없이 자신을 감시하고 제어하는 역할을 한다. 뭔가 하고 싶은 게 생겼을 때 아니무스는 이렇게 말하기도 한다. '그런 걸 했다가는 욕 먹을거야.', '그걸 해서 뭐하는데.', '내가 뭘 할 수 있겠어.' 아니무스는 내 생각처럼 여겨지는 타자의 생각을 말한다. 그러나 그 타자는 지금 실존하지 않는다. 오래전 내가 어디선가 들은 말들로 채워져 있기 때문이다. 그 목소리의 주인은 아마 그 말을 했는지 기억도 못할 수도 있다.

이야기 속에 등장하는 남성들의 말을 딸 내면에 자리 잡은 아니무스의 메시지로 바꾸면 이렇다. '내 딸은 지푸라기로 금실을 만들 줄 안다네'라는 아버지의 말은 '나는 지푸라기를 금실로 만들 줄 알아야 해. 그건 당연한 거야.' '하룻밤 안에 지푸라기를 금실로 만들지 못한다면 너는 죽음을 면치 못하리라'는 왕의 말은 '지푸라기를 금실로 만드는 능력이 없다면 나는 죽어야 해,' 왜냐하면 그녀의 내면에서 그렇게 하는 게 당연하고, 그렇게 하지 못하면 무가치한 존재라고 말하고 있기 때문이다.

이야기가 너무 옛날 설정이라 와 닿지 않는다면 좀 더 다르게 말해보자. '이번 시험에는 반드시 1등급을 받아야 해.', '그렇게 할 수 없다면 차라리 죽는 게 더 나을 거야.', '이런 세상에서 공부도 못한다면 아무 쓸모도 없는 존재야.', '성공하지 못한다면 차라리 죽어버리는 게 낫지.' 21세기의 아버지들이 만든 세계는 지푸라기뿐 아니라 모든 자원을 황금과 같은 재화로 바꿀 줄 아는 사람이 최고라는 메시지를 불어넣고 있기 때문이다. 그렇게 하기 위해서 아이들은 '경쟁에서 이겨야만 한다'는 메시지의 지배를 받는다(아버지가 아니라 학부모가 된 어머니들이 그렇게 만든 게 아니냐고 반문하는 이들에게 변명하자면, 분석심리학적 해석에 따르면 그녀들을 사로잡고 있는 아니무스가 하는 일이다).

이야기 속 아버지의 말은 이 세계가 중요하게 여기는 가치관을 대변하고 있고, 왕의 말은 그 가치관에 부합하지 않는다면 얼마나 큰 시련이 기다리고 있을지를 암시하는 말이다. 정작 당사자인 딸은 이들이 중요하다고 믿는 일을 할 수 있는 아무런 힘도 능력도 없다. 하지만 가치관의 힘은 강력해서 실제 그렇게 할 수 있는지는 그다지 중요하지 않다. 그보다 더 중요한 것은 거기에 부합하지 못하면 벌을 받게 될 것이라는 내면의 두려움과 불안이 그 가치를 살아나게 하는 경우가 많기 때문이다. 과거에 아버지 신을 믿지 않는 사람들 역시 자기 생각보다는 집단의 믿음이 더 중요했기 때문에 처벌당했다, 이처럼 한 시대를 지배하는 관념은 그것을 어기는 사람에게 가혹하게 작용하면서 힘을 발휘해왔다. 신도 사라지고 도덕도 유명무실해진 세계에서 자본의 압력은 과거의 신 못지않게 강한 힘을 발휘한다.

난쟁이의 거래

왕의 명령은 딸의 내면에서 울리는 살인적인 아니무스의 메시지를 나타낸다. 실제로 내면에서 이런 메시지에 시달리는 여성들은 생각보다 꽤 많다. 자신에게 부과된 일을 제대로 해내야 한다는 심리적 강박은 너무나 흔한 증상 중에 하나다. 요즘은 그게 심리적 강박으로 끝나는 게 아니라 실제로 파면이나 해고와 같은 현실적 압력으로도 작용한다. 일자리를 잃으면 당장 생존이 위험해지는 상황이 흔해졌기 때문이다. 이 동화가 생겨날 때쯤에 환상처럼 여겨지던 일들이 이제는 현실의 위협으로 작용하고 있는 시대가 되었다. 하룻밤 만에 지푸라기를 금실로 만들지 못하면 죽게 될 거라는 위협을 받고 있는 사람은 아마 꽤 많을 것이다. 매달 할부금과 공과금을 지불하고 빚을 상환하며 살아가야 하는 현대인에게 이 동화는 꽤 현실감 있는 이야기일 수도 있다.

동화는 이 절박한 상황을 해결해 줄 것만 같은 인물을 등장시킨다. 현실이라면 복권 당첨이나 족집게 과외선생님이 나올 테지만, 이야기 속에서는 난쟁이가 나타난다. 다른 동화에서는 주인공 여성을 위험에서 벗어나게 해주는 역할은 잘생긴 왕자가 맡는 경우가 많다. 그도 아니라면 왕과 결혼하면서 이야기가 끝나는 경우도 많다. 그러나 이 이야기는 결이 좀 다르다. 여기서는 왕이 오히려 주인공 여성을 협박하는 역할이고, 그녀를 구출해주는 것은 별로 잘생기지 않은 이상한 난쟁이다.

동화에 등장한 난쟁이로 가장 널리 알려진 캐릭터는 〈백설 공주〉에 나온다. 일곱 난쟁이는 의붓딸을 죽이려는 계모로부터 주인공이 도망치면서 만나게 되는 인물이다. 그녀가 숲속에서 만나는 이 작은 남자들은 어머니한테서 살인적인 힘의 위협을 받는 여성이 만나는 남성상을 상징한다. 난쟁이는 작고 별 볼일 없어 보이는 남성, 아직 성숙하지 못해 여성이 어머니의 역할을 하게끔 만드는 남성을 상징한다.
계모의 질투심에 희생된 백설 공주는 '훌륭해지면 안 된다'는
내면의 메시지를 듣는다. 그녀가 훌륭해질수록 안전에서
멀어지기 때문이다. 그러므로 그녀는 아무도 모르는 깊은
숲속에 은거하면서 먹고 자고 일하는 것밖에 모르는 작은
남자들을 위해 엄마처럼 살림을 도맡아한다.
난쟁이 캐릭터는 대체로 여성의 내면에 자리 잡은 미성숙한
아니무스를 상징한다. 아니무스가 미성숙하다는 것은 그녀가
문제의 본질을 통찰할 정도로 지성이 무르익지 못했다는
의미다. 그래서 어중간한 지점에서 타협하면서 문제를
해결했다고 믿기도 한다. 그런데 좀 이상하지 않은가. 이
이야기 속에서는 미성숙한 아니무스가 문제를 해결하는
것처럼 그려지니 말이다. 어떻게 된 일일까.
갇혀서 울고 있는 딸 앞에 나타난 남자는 제안한다.
"지푸라기를 금실로 바꿔놓으면 뭘 줄 수 있어?" 그녀는
목걸이를 내놓는다. 목걸이를 받은 남자는 이 일을 너무나도
쉽게 해낸다. '빙글, 빙글, 빙글, 물레를 세 번 돌리자 물레에서는
금실이 쏟아져 나왔다.' 그녀를 괴롭히던 일이 그 작은
남자에게는 아주 쉬웠다. 불가능한 것처럼 보이던 일이

간단하게 해결되고 말았다. 그녀가 한 일이라고는 목걸이를 내놓은 것밖에 없다.
도저히 할 수 없을 것 같은 일을 쉽게 하려면 어떻게 해야 할까? 여기서는 그 일이 황금과 관련 있기 때문에 거래를 통해서 해결하는 게 가장 쉬운 방법이다. 일이 어려울수록 암거래가 더 효과적이다. 한밤중에 어디선가 나타난 작은 남자가 제안한 것은 거래다. 그는 그녀가 할 수 없는 것을 할 수 있는 능력을 가지고 있었고, 그녀는 목숨이 위태로웠기 때문에 선택의 여지가 없어 보인다. 당신이라면 어떻게 하겠는가. 그녀는 목걸이를 내놓았다. 그리고 문제를 단숨에 해결한다. 그녀는 이것이 천운이었다고 생각하며 신에게 감사했을지도 모를 일이다.
하지만 이 거래는 한 번으로 끝나지 않았다. 하룻밤 만에 지푸라기가 금실로 바뀐 것을 본 왕은 더 욕심낸다. 이번에는 더 큰 방에 지푸라기를 가득 쌓아놓고 모두 금실로 바꿔놓으라고 명령한다. 두 번째도 그녀는 같은 선택을 한다. 이번에는 반지를 내놓는다. 아마 첫 번째보다 두 번째가 더 쉬웠을 것이다.
처음에는 이 남자를 믿어도 되는지 의심했을지 모르지만, 두 번째는 오히려 남자의 방문이 반가웠을 것이다. 어쩌면 작은 남자가 처음처럼 작아 보이지 않을 수도 있다. 그는 자신의 힘으로는 할 수 없는 것을 쉽게 해내는 유능한 사람이기 때문이다.

그녀와 작은 남자는 거래를 세 번이나 반복한다. 그리고 점점 더 부는 늘었다. 마침내 세 번째 계약을 맺었을 때 그녀는 더 이상 내놓을 게 없었다. 하지만 왕은 이전보다 더 어마어마한 제안을 한 상태다. 처음보다 세 배쯤 많은 양의 금실을 만들어 놓으면 그녀와 결혼하겠다고 약속했다. 이번만 성공하면 그녀는 왕비가 될 것이다. 작은 남자는 이제 그녀의 미래를 담보로 거래를 제안한다. "너는 왕비가 될 것이고, 분명 아이를 갖게 될 거야. 그 아이를 내게 주면 돼."

그녀는 당장이 급했고, 미래까지 생각해볼 여유가 없었다. 게다가 이 작은 남자는 두 번이나 자신을 위험한 상황에서 구해주지 않았는가. 이 거래를 받아들인다고 해도 손해될 것이 없어 보였다. 그녀는 목숨이 위협받고 있는 상황에서 그 거래가

왕비가 되어 아이를 낳자
약속대로 어김없이 작은
남자는 빚을 받으러 왔다.
하지만 그녀는 순순히
아이를 넘겨줄 수 없었다.
George Cruikshank,
Rumpelstiltskin, 187

담고 있는 의미나 그에 따르는 위험을 생각할 수 없었다.
그녀의 답은 '예스'였다.
동화작가이자 문학비평가인 잭 자이프스Jack Zipes는 이 동화가 방적기가 만들어진 이후에 생겨났을 거라고 말한다. 실을 만들고 옷감을 짜는 일이 여성에게서 남성에게로 넘어가면서 만들어진 이야기라고 본다. 가내수공업의 형태로 실을 만들 때와 비교하면 방적기에서 나오는 실의 양은 어마어마하다. 그것도 짧은 시간 안에 대량생산이 가능해졌다. 물레를 세 번 돌리자 금실이 쏟아져 나오는 것 같은 상황이 된 것이다. 그러나 이 일을 주도하는 사람은 과거의 물레 주인인 여성이 아니라 관리감독자이자 기술자로서의 남성이었다. 과거에 물레를 돌리던 그녀는 옷감의 창조자였으나, 이제는 기계적 생산 과정에 귀속되어 단순 작업만을 반복하는 임금노동자가 된 것이다.[20]
남성에게는 쉽지만 여성에게는 어려운 일들이 있다. 거꾸로도 마찬가지다. 남성이 구성하고 고안해낸 세계의 메시지가 여성의 내면에 타자화되어 아니무스라는 제2의 인격으로 나타나는 것처럼, 남성 중심의 세계를 움직이는 다양한 메커니즘 역시 비슷하다. 여성은 대체로 느낌과 감정을 빼고 말하는 것이 어려울 때가 많다. 거꾸로 남성은 자신이 말하는 내용에 느낌을 덧붙이는 것을 별로 달가워하지 않는다. 느낌보다는 객관적 사실이 더 중요하며, 그렇기 때문에 소위 '팩트'에 집착하기도 한다.

미학자인 커밀 팔리아Camille Paglia는 남성이 세계를 사물화시켜 바라보는 데 더 익숙하다고 말한다.[21] 남성은 내면의 욕망이 겉으로 물화되어 나타나는 신체적 구조를 가지고 있기 때문이라고 말한다. 그래서 남성은 눈으로 확인할 수 있는 세계에 집착한다고 설명한다. 그녀의 주장을 받아들이면, 우리가 성차와 관계없이 당연한 것으로 받아들이는 많은 도구나 사회문화적 메커니즘이 남성적인 방식으로 구축되어 있다는 결론에 이른다. 어떤 이들은 남성이 여성보다 운전을 잘할 확률이 높은 게 자동차를 남성이 만들었기 때문이라고 주장하기도 한다. 자동차뿐이겠는가. 건물도 회사도 학교도 그렇고, 총도 미사일도 전쟁도 마찬가지일 것이다. 또한 공적인 말하기 방식과 글쓰기 방식, 가치의 우선순위에서도 남성적 스타일이 반영되어 있다고 생각한다.

이야기 속 주인공 딸은 쉽게 할 수 없는 어마어마한 일이 작고 별 볼일 없는 남자는 아무렇지도 않게 해낼 수 있는 일이었다. 특출하게 우월한 남자가 아니더라도 말이다. 그만큼 남자한테는 쉬운 일이라는 의미다. 방적기가 들어온 이후 여성이 일의 주체에서 밀려나 명령과 지시를 받아야 하는 이차적인 존재로 도구화되었다는 잭 자이프스의 지적은 다른 일에도 해당될 터이다.

그렇다면 이 작은 남자를 그녀 안의 아니무스라고 본다면, 그녀는 남자들이 이 일을 해내는 방식을 바라보면서 작은 꾀를 낸 거라고 해석할 수도 있다. 그녀가 바라본 남성적 세계는 거래를 통해 부를 창출해내는 세계이므로 그녀도 그 방식을 택하게 된 것이다. '저는 이 일을 할 줄 몰라요. 저 대신 이 일을 해주신다면 뭐든 드릴 게요. 제가 이 일을 해내지 못하면 큰일 나요, 제발!' 그리고 자신이 가진 무엇인가를 대가로 내놓으며 자신의 힘으로 일을 완수한 척했을지도 모른다. 그렇게 곤경에서 벗어나고, 그런 방식으로 남성적 세계에서 유능해지고, 마침내 최고의 지위에 올랐을지도 모른다.

거래의 대가

● 딸이 내놓은 것은 처음에는 목걸이, 두 번째는 반지, 세 번째는 앞으로 태어나게 될 아이였다. 우연히 갖고 있던 목걸이와 반지를 대가로 내놓은 것은 아니다. 동화에서 세부 사항은 전체 이야기의 뼈대만큼이나 중요하다. 의미 없이 등장하는 인물도 물건도 없다. 반지와 목걸이는 원래 장식용 액세서리가 아니라, 약속이나 권위의 징표로 여겨지던 물건이다. 목걸이는 목에, 반지는 손가락에 끼워진다. 그러므로 목걸이는 목소리와 관계있고, 반지는 손으로 행하는 일들과 관계있다.

주인공 딸이 작은 남자에게 이 물건을 건넸다는 것은 타고난

아니무스는 주인공의 태도에 따라 모습을
바꾼다. 그녀가 현실세계를 두려워하고
피해자로 느끼면 아니무스는 폭력적인
모습으로 나타난다.
Henry Justice Ford, Maria and the King, 1903

본연의 목소리와 능력을 모두 잃어버린다는 것을 의미한다. 그녀는 이제 자기 목소리로 말하지도 못하며, 자기 능력으로 일하지도 못하게 되었다. 목소리는 그 사람의 정체성을 나타낸다. 자신의 목소리를 잃어버리면 그는 단순히 말할 수 없게 될 뿐 아니라 자신만의 고유한 존재감을 드러낼 수 있는 뭔가를 잃어버린 것과 같다.
목걸이를 넘겨주고 그 대가로 주어진 어려운 일을 해결했다는 것은 다시 말해 자신만의 고유한 정체성을 포기하고 말의 존엄과 권위를 빼앗기게 되었다는 것을 의미한다. 그녀는 자기 목소리의 힘을 넘겨주고 세상이 원하는 것을 해내는 것이 더 중요하다고 여겼을 것이다. 그리하여 이와 비슷한 상황에 처한 그녀들은 똑같은 목소리와 똑같은 어법으로 말할 수밖에 없게 되었다. 그녀들은 이제 남성들이 정해놓은 매뉴얼에 따라 말하고 어법을 교정하며 자신이 누구인지보다는 금권이나 생산성과 같은 가치를 실현하는 것이 더 중요하다고 믿고 있을지도 모를 일이다.
반지는 손가락에 끼운다. 손가락으로 맺은 약속을 의미하기도 하고, 다른 한편으로는 손으로 할 수 있는 능력을 나타내기도 한다. 교황의 반지는 그가 사람과 신을 연결하는 힘을 가지고 있다는 증표다. 그래서 그는 신의 메시지를 매개한다. 그의 손은 신의 손과 같으므로 신이 하는 일을 그가 대신 하기도 한다. 그래서 반지를 낀 그의 손이 내리는 축복은 신의 축복이다.

교황의 반지뿐 아니라, 과거에 반지는 권능의 상징이었다. 왕의 반지는 일종의 도장과도 같아서 반지의 날인이 찍히면 넘볼 수 없는 절대 권력이 보증한다는 의미이기도 했다. 마법사의 반지는 그가 초월적 힘을 구사하기 위해 필요한 증표와도 같다. 우리가 다루는 이야기의 주인공은 왕도 마법사도 아니지만, 그녀가 결혼한 것도 아니라서 반지는 약속의 상징이라기보다는 권능의 상징으로 보는 것이 더 그럴 듯하다. 반지를 내주었으므로 그는 이제 자신의 힘으로 아무것도 승인할 수 없는 처지가 된다. 그는 자기 고유의 타고난 권한을 잃어버린 것이다.

왕이 아니어도 우리는 모두 각자의 권한을 가지고 있다. 존재의 권리 같은 것이다. 다른 사람이 대신할 수도 없고 다른 것으로 바꿀 수도 없는 본연의 권한 같은 것을 우리 모두는 타고 난다. 당신이 당신으로 존재하는 것은 당신이 특별히 잘나서도 특별히 우월해서도 아니다. 탁월한 문제해결 능력을 가지고 있어서도 아니다. 반대로 그 모든 우월한 특징을 하나도 갖지 못해 오히려 스스로를 열등한 존재라고 여기는 사람까지도 모두 타고난 존재의 힘이 있다. 그것이 존재의 권한이다. 이야기 속 딸은 자신이 가지고 태어난 그 존재의 권한을 헐값에 팔아버렸다. 그녀는 아직 성숙하지 않았으므로 그게 무엇인지도 잘 몰랐을 것이다. 그녀의 손가락에 언제부터 왜 반지가 끼워져 있었는지도 몰랐을 수도 있다. 그래서 그런 것쯤이야 별 게 아니라고 생각했을 수 있다. 당신만이 지니고 있는 고유한 존재감이 세상을 살아가는 데 별 소용이 없는 하찮은 거라고 생각한다면 이야기 속 딸처럼 생각하고 있는 거다. 그러므로 당신이 가지고 태어난 당신만의 자아를 절대로 헐값에 넘기지 마시라.

통곡의 힘

● 주인공 딸은 이런 거래를 통해 왕을 만족시켰는지는 모르겠지만, 그녀는 그야말로 아무것도 아닌 존재가 되고 만다. 겉보기에 왕비라는 지위까지 올라갔으니 아버지를 포함해 많은 사람의 부러움을 샀을지 모르겠다. 하지만 그녀의 내면은 텅 비었다. 그러면 또 어떤가. 이 세상에서 가장 강한 남자가 그녀 옆에 있고, 그녀는 화려한 궁전에 살며 하인들을 부리는 권력을 갖게 되지 않았나. 그녀는 어쩌면 내면에 자리한 공허감은 버려둔 채 자기 인생이 꽤 성공적으로 흘러간다고 믿었을 수도 있다. 하지만 이야기는 거기서 끝나지 않는다. 그녀는 오래전에 무서운 계약을 한 적이 있고, 언젠가 때가

되면 난쟁이는 빚을 받으러 올 것이기 때문이다.
시간이 흘러 왕비가 아이를 낳자, 작은 남자는 잊지 않고 왕비를 찾아온다. 약속한 대로 아이를 데려가겠다는 거다. 그러나 이번에는 그녀의 태도가 바뀌었다. 목걸이와 반지를 순순히 내주던 때와는 다른 태도다. 그녀는 작은 남자에게 아이 대신 왕국의 재산을 모두 주겠다고 한다. 이전의 그녀에게는 재산이 중요했지만, 지금은 자신이 낳은 아이를 대신할 수 있는 그 어떤 것도 없음을 알기 때문이다.
아이를 낳은 후에 그녀의 태도는 완전히 달라진다. 생명 탄생의 신비를 몸소 경험했기 때문이다. 아이를 낳은 후에 그녀는 잃어버린 자신의 힘을 어느 정도 다시 되찾았을 것이다. 아이를 낳는다는 것은 생사를 오가는 일이다. 여성은 아이를 낳은 후에 달라진다. 그녀는 어쨌든 절대로 아이를 내줄 수는 없다고 생각했다. 하지만 늘 뭔가 교환할 것을 요구하는 작은 남자에게 아이를 대신해 내줄 것을 찾아내지는 못했다. 그도 그럴 것이 살아있는 생명의 가치를 대신할 수 있는 것은 없기 때문이다.
과거의 어리석음을 깨닫고 절망한 그녀는 이제 통곡으로 저항한다.
통곡은 훌쩍거림과는 다르다. 마음 깊은 곳에서부터 목을 통해 올라오는 큰 울음은 뭔가를 토해내는 울음이다. 이 울음은 몸 전체를 울리면서 나오기 때문에 울고 있는 사람뿐 아니라 주변에 있는 사람까지도 변화시키는 힘을 가진다. 울음은 일종의 울림이어서 에너지 차원의 변화가 일어나기 때문이다. 살면서 통곡해본 적이 있다면 이전과는 다르게 살아갈 수 있을 것이다.

왕비의 통곡소리에 작은 남자는 마음이 부드러워졌다. 그래서 다른 조건을 제안한다. "삼일 안에 내 이름을 알아맞힌다면 아이를 데려가지 않겠어." 왕비의 통곡으로 이야기는 새로운 국면으로 전환된다. 작은 남자는 이제 교환의 대가를 요구하는 게 아니라 자기가 누구인지를 알아맞히라는 이상한 주문을 한다.

우리는 앞에서 이 남자가 여성의 내면에 자리한 아니무스를 반영하는 인물일 거라고 이야기한 적이 있다. 아니무스는 고정된 모습으로 존재하는 것이 아니라 주인공의 태도에 따라 여러 모습으로 나타난다. 그녀가 현실 세계를 두려워하고 자신을 피해자로 느낀다면, 그녀의 아니무스는 폭력적인 남자로 나타날 것이다. 현실 세계를 이해하지 못하고 이용만 하려 한다면 아니무스는 교활한 남자로 나타날 것이다. 아이를 낳은 그녀의 태도가 바뀌었기 때문에 아니무스 역시 태도가 바뀐다. 이제 그녀의 아니무스는 긍정적 힘을 되찾을 준비를 하게 된다. 아니무스의 긍정적 역할은 바로 진실을 알아차리게 하고, 세상을 있는 그대로 이해할 수 있도록 해주는 지성의 힘이기 때문이다.

이름의
비밀

왜 하필이면 이름을 알아맞히라고 했을까? 이 말은 바꿔 말해 자신이 누군지 알아맞혀보라는 의미다. 만약 주인공 딸이 처음부터 통찰력이 있었다면 한밤중에 이 작고 이상한 남자가 나타나 거래를 제안했을 때 누구인지부터 알아봤을 것이다. 그러나 그녀는 그때 너무 어수룩했고 자신이 처한 상황에 함몰되어 거기서 빠져나오는 데만 급급했다. 상대가 누구인지 알아볼 생각조차 하지 못했다. 그때가 아니라도 그 작은 남자가 아이를 데려가려 나타났을 때 왕비 쪽에서 먼저 이름이 뭐냐고 물었더라면 어땠을까. 왕궁에 갇혀 전전긍긍하던 때라면 몰라도 이제는 상황이 바뀌었는데도 말이다. 하지만 그녀는 여전히 수동적이었던 것 같다.
잠들어 있는 지성을 깨우는 좋은 방법 중에 하나가 질문을 던지는 것이다. 그녀가 아무런 질문도 던지지 않자 작은 남자가 그녀에게 묻는다. '내 이름을 알아맞혀 봐!' 이름은 그 사람의 정체성을 나타내는 표지지만, 누군가의 이름이 늘 공개되는 것은 아니다. 과거에는 이름에 마법적 힘이 깃들어 있다는 믿음이 널리 퍼져 있었다. 그러니 이름을 부르거나 글로 적을 때 무척이나 조심스러워했다.
얼마 전까지만 해도 윗사람의 이름을 전할 때는 이름에 예의를 갖추면서 한 글자씩 나눠 말하던 관습이 있었다. 이름을 부르는 쪽이 불리는 쪽보다 더 힘을 가지고 있다고 여겼기 때문이다. 더구나 이름을 부르는 순간 이름의 주인이 부르는 쪽에 귀속된다는 믿음도 있었다. 그래서 아브라함 종교에서는 신의 이름을 함부로 부르지 말라는 금기가 생겨났다.
이집트 신화에는 파라오의 어머니 신인 이시스Isis 여신이 태양신의 숨겨진 이름을 알게 되면서 마법적 힘을 가지게 되었다는 이야기가 있다. 그래서 마법사들은 자신의 진짜 이름을 아무에게도 가르쳐주지 않았다고 한다. 누군가가 자신의 진짜 이름을 아는 순간 그는 힘을 잃어버린다고 여겨서다. 그의 이름을 아는 사람에게 부름을 당하는 순간 그 사람의 지배하에 들어간다는 믿음 때문이었다. 아마도 작은 남자는 왕비가 자신의 이름을 절대로 알아낼 수 없을 거라고 믿었을 것이다. 왜냐하면 그는 왕비보다 우월한 존재이기 때문이다.

삼일 간의 말미를 얻은 왕비는 머리를 쥐어짜기 시작했다. 자기 힘만으로는 모자라다고 생각한 그녀는 사람을 보내 이름을 찾아오라고 시킨다. 첫째 날에는 나라 전체를 뒤지고, 둘째 날에는 나라 밖으로까지 사람을 보내 이름을 찾는다. 그녀가 이제 스스로 뭔가를 하기 시작한 것이다. 모르는 것을 알아보기 위해 묻고 답을 찾는 일이 시작되었다. 아시다시피 지성이 제 역할을 하려면 이 과정은 필수다. 먼저 질문이 일어나야 하며, 그 질문에 대한 답을 찾으려는 노력이 시작되어야 한다. 가까운 곳에서부터 시작해 탐색의 범위는 점점 넓어진다.

이튿날 작은 남자는 다시 방문한다. '내 이름이 뭐지?' 그녀의 답은 '카스파르, 멜키오르, 발타자르'로 시작하여 아는 이름을 전부 대는 것이었다. 이 이름들은 사실 의미심장하다. 예수가 태어나기 전 그의 탄생을 미리 내다보고 별을 따라 베들레헴까지 온 세 동방박사의 이름이다. 동방박사라는 명칭이 더 익숙하지만, 원래의 의미는 '마기Magi'라 불리는 마법사들이었다. 이들은 모두 왕의 신분이었는데, 카스파르는 인도의 왕, 멜키오르는 페르시아의 왕, 발타자르는 아라비아의 왕이었다고 한다. 그런데 왕비는 왜 맨 처음 이들의 이름부터 말하기 시작한 걸까.

그녀가 할 수 없는 일을 쉽게 해낸 작은 남자를 그녀는 어쩌면 마법사라고 생각했을 수 있다. 게다가 성서에까지 이름이 올라와 있는 것을 보면 그야말로 공인된 마법사들 아니겠는가. 기독교 문화권 사람들은 성인의 이름을 빌려 아이의 이름을 짓기도 하니, 작은 남자의 신기한 능력으로 보아 그의 이름도 아마도 성서에 나오는 위대한 마법사의 이름에서 따왔을 것으로 여겼으리라.

모르는 세계에 대해 알아보기 시작할 때 우리도 이렇게 한다. 찾아보는 대상이 무엇이 되었든 우선 유명하고 널리 알려진 것부터 찾아보기 시작한다. 여행지가 되었든 맛집이 되었든 가장 쉬운 방법은 유명한 이름부터 검색하는 거다. 하지만 소문난 잔치에 먹을 것 없다는 속담처럼 유명하다고 정답은 아니다. 왕비의 답 역시 문제의 본질에는 다가가지 못한 오답이었다. 그녀가 이런 이름부터 말하기 시작했다는 것은

얼마나 피상적으로 세상을 이해하고 있는지를 말해준다. 많은 사람들이 동방박사는 알아도 그들의 이름까지는 제대로 알지 못한다. 설혹 이름을 알았다고 해서 이들의 등장이 어떤 의미를 가지고 있는지는 알지 못한다. 그러니 왕비는 어쩌면 그 이름을 알아낸 것만으로도 흡족해했을 수도 있다.

이 위대한 이름들이 소용없게 되자 왕비는 그 다음날에는 첫날과는 정반대 방향에 있는 것 같은 이름들을 대기 시작한다. "혹시 '갈비씨' 아닌가요? 아니면 '양곱창', 아니면 '며느리발톱'?"[22] 앞의 이름들이 꽤 근엄하고 권위적인 이름이라면 이번에는 정반대로 길거리에 돌아다니는 하찮은 이름 같다. 높은 곳에서 답을 찾는 데 실패했으니, 이제 땅바닥으로 내려와 찾는다. 작은 남자가 마법사인 거 같으니 진짜 이름을 숨기려고 이 이상한 이름들을 썼을지도 모른다고 생각한 것이다. 우스꽝스런 이름들도 역시 답은 아니었다.

첫날은 나라 안을 뒤지고, 둘째 날은 이웃 나라의 작명

오늘은 빵을 굽고 내일은
술을 빚어야지. 모레면
아이는 내 것이 된다네. 아
얼마나 좋은지 몰라. 아무도
내 이름을 모르니.
Arthur Rackham,
Rumpelstiltskin, 1909

관습까지 털어봤지만 답을 찾지 못했다. 왕비는 셋째 날이 되자 이제 범위를 더 넓혀 인적이 드문 숲 언저리까지 뒤졌다. 이곳을 다녀온 신하는 말했다. "새로운 이름은 단 하나도 알아낼 수 없었습니다. 그런데 제가 어느 높은 산기슭의 숲 모퉁이를 돌고 있는데, 여우와 토끼가 잘 자라고 인사하고 있었고, 작은 집이 하나 보였습니다. 집 앞에는 불이 피워져 있었고, 아주 우스꽝스럽게 생긴 난쟁이가 불 주위를 한쪽 다리로 껑충껑충 뛰어서 돌아다니며 소리치고 있었습니다. '오늘은 빵을 굽고 내일은 술을 빚자 / 모레는 왕비의 아기를 데려오리니 / 아, 얼마나 좋은지 몰라 / 내 이름은 룸펠슈틸츠헨인지 아무도 모르니!"[23]

마법의 고리

드디어 답을 찾았다. 이 작고 이상하게 생긴 남자의 이름은 룸펠슈틸츠헨이다. 이 이름은 잘 쓰지 않는 말이기도 하고 발음하기도 복잡해 보이지만 뜻이 없는 이름은 아니다. 이 이름의 뜻은 '덜컹거리며 흔들리는 막대기'라는 뜻이다. 앞에서 이름은 그 사람의 정체성과 관련 있다고 했는데, 그렇다면 이 작은 남자는 이런 존재란 뜻이다. 무슨 의미일까.
그의 이름을 알아보기 위해 마지막으로 가본 곳은 인적이 드문 산기슭이자 여우와 토끼가 인사를 나누는 곳이다. 천적이 서로 만나 밤인사를 나누는, 일종의 이상 낙원이거나 아니면 인간이 지닌 관념의 한계를 넘어선 곳일 것이다. 외딴 숲속에 집이 있는 그는 아마도 자연으로부터 온 존재인 것 같기도 하다.

그러고 보니 이 작은 남자는 처음 주인공 딸 앞에 등장했을 때부터 사람은 아닌 것처럼 보였다. 딸은 문이 닫힌 곳에 갇혀 있었고, 남자는 어둠 속에서 갑자기 나타났다. 그러고는 할일을 마친 뒤 어디론가 갑자기 사라졌다. 혹시 이 남자가 도깨비의 일종은 아닐까. 실제로 이 동화의 다른 판본 중에는 이 남자를 도깨비로 번역한 경우도 있다. 이 남자가 하는 행동이나 품새가 도깨비와 무척 닮아 있기도 하다. 노래가 혹에서 나온다는 말에 속아 금이 쏟아져 나오는 방망이를 혹과 바꾸고, 다음날 찾아간 사람에게는 오히려 혹을 더 붙여버린 그 도깨비 말이다.

신화학에서는 이런 종류의 캐릭터를 트릭스터Trickster라고 부른다. 트릭스터는 속임수를 쓰는 존재란 의미다. 이들이 인간 사고의 틀을 넘나들기 때문이다. 우리가 당연하다고 믿는 관념의 틀 바깥에서 움직이므로 그의 동기나 행동방식에는 일관성이나 규칙이 없고 제멋대로인 것처럼 보인다.

트릭스터는 대체로 문명과 자연의 경계 지대에서 산다. 자연에서 비롯된 정신적 존재들이지만 인간사에 개입하기도 하기 때문이다. 사람과 상대할 때에는 사람과 비슷한 모습으로 나타나지만, 꼭 사람인 것은 아니어서 다시 자연물의 형상으로 돌아가기도 한다. 밤새 도깨비와 만나 씨름한 줄 알았는데 날이 밝은 후에 보니 숲속 바위나 뒷마당에 나뒹굴던 피 묻은 빗자루였다는 것처럼 말이다.

이 동화가 생긴 북유럽에서는 이런 부류의 신화적 존재들이 여럿 있다. 그중 이 이야기에 등장하는 난쟁이는 엘프elf라고 불리는 요정족 중에 한 부류다. 검은 엘프라는 의미의 '스바르트알프Svartálfr'라고 불리기도 하고, 난쟁이라는 의미의 '드베르그Dvergr'라고 불리기도 한다. 이들은 사람이 세상에 존재하기 전부터 있던 존재로서, 주로 땅속에 있는 보물을 지키면서 살아간다. 〈백설 공주〉의 난쟁이들이 날마다 산으로 보물을 캐러 다녔다고 전해지는 것도 이 때문이다.

이 난쟁이들은 마법의 힘을 가지고 있는 물건을 잘 만든다. 그중에 가장 널리 알려진 물건이 아흐레 밤마다 아홉 배로 수가 불어나는 마법의 반지다.[24] 하지만 로키 신이 이 반지를 강제로 빼앗아 황금과 함께 세상에 넘겨준다. 화가 난 난쟁이는 '반지의 주인은 불행지리라!'는 저주를 걸었다. 난쟁이가 만든 이 마법의 반지는 바그너의 오페라 〈니벨룽겐의 반지〉를 거쳐 영화 〈반지의 제왕〉의 소재가 되기도 했다.

신화학자인 나카자와 신이치는 이 마법의 반지를 화폐의

탄생과 함께 세상으로 옮겨진 부의 증식의 고리로 해석한다.[25] 화폐가 교환의 고리를 통과하면서 스스로 부를 증식시키는 힘을 갖게 된 것을 나타낸다고 보는 것이다. 쉽게 말하면 누군가 펀드에 투자한 돈이 아흐레 밤마다 아홉 배로 불어날 수도 있다는 말이다. 이런 마법과 같은 일이 가능한 것은 화폐가 단순히 물건을 교환하기 위해 사용될 뿐만 아니라 스스로 움직이면서 보이지 않는 자본을 증식시키는 힘을 갖게 되었기 때문이다.

한밤중에 홀로 울고 있던 방앗간집 딸 앞에 나타나 지푸라기를 모두 금실로 바꿔준 작은 남자는 북유럽 신화 속에 숨어 있던 반지의 주인인 그 난쟁이였을 것이다. 그의 손을 거치면 하룻밤만에 누구든 부자가 될 수 있다. 그가 물레를 세 번만 돌리면 금실이 쏟아져 나오듯이, 투자한 돈이 세 바퀴만 돌면 이윤을 창출한다. 당신은 어쩌면 이 대목에서 이런 난쟁이를 만나면 얼마나 좋을까, 라고 생각할지도 모른다. 하지만 난쟁이의 비밀은 이게 다가 아니다.

난쟁이가 이 마법 같은 일을 하기 위해 필요한 건 바로 새로 태어난 아기였다. 물론 고대 신화 속 난쟁이들은 아이를 탐내지 않는다. 그 당시에는 인간의 아이까지 탐내지 않아도 나름대로 생명력이 충만한 자연에서 살아가고 있었기 때문이다. 그러나 난쟁이의 마법 반지가 인간의 자본을 끝없이 증식시키게 되면서 사정이 달라진다.
신이치는 이윤을 창출하는 자본의 교환 고리는 자연이 스스로를 내어주는 순수한 증여의 고리와 연결되지 않으면 힘을 잃어버린다고 말한다. 쉽게 말해 화폐가 나름의 가치를 가지기 위해서는 화폐가 바로 우리가 먹고 쓰는 물건과 교환 가능해야 한다. 모든 것에 가격이 매겨진 사회에 살고 있는 우리는 우리가 사용하는 많은 물건이 자연으로부터 무상제공된 것이라는 사실을 잊고 살고 있다. 그러나 하늘에서 비가 내리지 않고 땅이 더 이상 작물을 키워내기를 거부한다면 가지고 있는 돈이 무슨 가치가 있겠는가. 자연이 인간에게 무상으로 제공하는 것이 초기에는 부의 원천이었으나, 그것들이 모두 화폐의 교환 고리를 통과하면서 물건이나 상품으로 전환된다. 우리는 마치 화폐가 저 혼자 부를 생산하고 있는 것과 같은 착각에 빠지고 만 것이다.
우리의 이야기 속에서 아이는 화폐나 이윤처럼 교환의 고리로부터 태어난 존재가 아니다. 스스로 자신을 내어주는 생명과 자연의 차원으로부터 이 세상에 온 존재다. 아이뿐

마법을 일으킨 작은 남자는 신화 속에 숨어 있던 반지의 주인인 난쟁이였을 것이다. 그의 손을 거치면 누구든 부자가 될 수 있다.
Walter Crane, The Yellow Dwarf Rescues the Princess from Lions, 1876

아니라 자연에서 새로이 태어나는 생명은 모두 우리가 다 이해할 수 없는 미지의 차원으로부터 주어진다. 그러므로 새로 태어난 생명은 모두 선물과도 같다. 많은 문화권에서 '존재한다'는 말은 '선물을 받는다'라는 말과 동의어로 사용된다.[26] 그래서 왕비는 아이를 대가로 내놓을 수 없고, 거꾸로 난쟁이는 아이가 필요하다.
난쟁이의 마법 반지는 자연으로부터 주어진 생명이 없으면 제 역할을 할 수 없다. 물레를 돌리는 것도 방앗간을 돌아가게 만드는 것도 모두 자연의 힘이다. 더 나아가 물레를 대신하게 된 방적기를 돌아가게 만들고, 이 세상의 수많은 물건을 24시간 내내 실어 나르는 힘도 모두 자연에서 온 힘이다. 그 힘이 노동력이라는 이름으로, 자원이라는 이름으로, 생산성이라는 이름으로 불리면서 마치 아무런 인격도 마음도 없는 것처럼 사용되고 있지만 말이다.
만약 왕비가 아이를 낳고도 마치 마법처럼 보이는 교환의 환상 속에서 깨어나지 못했다면, 그녀는 난쟁이의 요구대로 아이를 넘겨주었을 것이다. 그랬다면 이 세계는 영화 〈매트릭스〉에서처럼 기계화된 시스템이 살아가기 위해 인간은 헛된 꿈만 꾼 채 유아적인 상태에서 에너지를 뽑아 먹히면서 살아가는 디스토피아로 전락하고 말았을 것이다.
난쟁이는 자기 정체를 들키자 화를 내면서 오른발로 땅을 구르다 땅속으로 꺼져버린다. 그의 이름이 '덜컹거리며 흔들리는 막대기'였으므로 땅속으로 꺼지는 게 당연하다. 게다가 땅속을 지키던 요정의 후예 아닌가. 그런데 그는 왜 하필이면 오른발로 땅을 굴렀을까. 오른발은 오른손과 마찬가지로 좌뇌와 연결되어 있다. 좌뇌는 학습된 공식에 맞춰 답을 내놓는 뇌다. 좌뇌는 기존에 알고 있는 공식에 맞춰 생각하고 말하는 역할을 한다. 교환의 공식이나 자본 증식의 공식에 맞춰 답을 내놓는 것도 좌뇌의 역할이다. 물론 좌뇌 자체는 잘못이 없다. 그러나 좌뇌 편향적인 사고나 문명은 분명 문제가 있다. 세상을 이윤 중심적으로 바라보고 그에 맞춰 살아가는 데 아무 거리낌이 없기 때문이다.
이 이야기의 마지막은 이렇게 끝난다. "난쟁이는 발을 구르며 부르짖었다. 어찌나 화를 내며 오른발을 굴렀던지 몸까지 땅속 깊이 딸려 들어가고 말았다. 그런 다음에는 화가 나서 미쳐버렸는지 오른쪽 발을 두 손으로 움켜잡고는 자신을 둘로 찢어 버렸다." 이상하고 낯선 모습으로 이야기에 등장한 난쟁이는 마지막에 이르러서도 이렇게 사라진다. 하지만

'룸펠슈틸츠헨'이라는 이름에는 걸맞은 퇴장 방식이기도 하다. '룸펠슈틸츠헨'은 앞에서도 말했듯이 '덜컹거리며 흔들리는 막대기'다. 이 물건은 땅의 경계를 표시하기 위해 꽂아 놓은 막대기를 말한다. 사람들은 이 막대기 위에 쓰다버린 양철 그릇이나 방울 같은 것을 달아 놓기도 했다. 반쯤 땅속에 박힌 채로 지나가던 바람에 흔들거리며 요란한 소리를 내던 막대기가 이제 땅속으로 꺼져버린 것이다.
땅을 구획 지워 놓은 경계가 마법을 일으켜 누군가를 불안에 떨게 만들기도 하고, 누군가를 부자가 되게 만들어주기도 했다. 그러나 지혜로운 누군가가 말뚝의 숨겨진 정체를 알아버렸으므로 거기에 기생하던 거래의 신 역시 다시 땅속으로 돌아가게 되었다. 지나가는 바람소리에도 깜짝깜짝 놀라며 불안해하던 많은 사람이 그날 이후로 아마 한밤중에 좋은 꿈을 꾸며 편안해졌으리라. 비록 말뚝의 주인은 오른발로 땅을 구르며 여전히 화를 내겠지만 말이다.

깨어나기

가시 공주

우리 삶에 영혼이 잠들거나 사라지면 어떤 일이 일어날까? 시간이 정지한 느낌, 활기가 사라지고 적막한 느낌, 죽지는 않았지만 그렇다고 살아있지도 않은 느낌으로 살게 된다. 영혼이 잠들면 모든 것이 얼어붙기 때문이다. 세계는 긴장감으로 가득 차고 무표정해지고 딱딱해진다. 미소도 대화도 호의도 사라진 세계가 잠든 세계다. 세계를 따뜻하고 환하게 밝히던 불이 사그라진 곳, 얼음 같은 침묵과 가시 같은 적대감만이 팽배해 있는 곳에서 사람들은 타인을 적대시하거나 물건 같은 사용대상으로 바라본다. 잠들어 고정된 세계는 물건의 세계다. 사람도 동물도, 하다못해

난롯불까지도 물건이 된 세계에서 사람들은 오로지 사고파는 일에만 열중한다. 그리고 세계는 서로 그 물건의 주인이 되겠다고 앞다투어 싸우는 사람들과 그들 간의 적대적인 경쟁심만이 팽배한 곳이 된다.

〈잠자는 숲속의 공주〉로 널리 알려진 이 이야기의 오래된 제목은 〈가시 공주〉다. 어떤 판본에서는 〈장미 공주〉로 되어 있다. 잠자는 공주와 입맞춤하는 왕자의 이미지로 더 유명해졌지만 이야기의 본의가 키스 장면에 있지는 않다. 이 이야기는 우리가 삶에서 옆으로 밀어버린 것, 잊고 있는 것에 대한 이야기다.

가시 공주

옛날에 왕과 여왕이 살고 있었다. 그들은 날마다 이렇게 말했다. '아, 아기가 있었으면!' 그렇지만 아이는 좀처럼 태어나지 않았다. 그러던 어느 날 목욕하고 있는 여왕 앞에 개구리 한 마리가 물에서 나오더니 곧 아이가 태어나게 될 거라고 말했다.

얼마 가지 않아 여왕은 정말 아이를 낳았다. 딸이었다. 왕은 너무 기뻐 큰 잔치를 열면서, 아이에게 축복을 빌어줄 마법사들을 초대했다. 이 나라를 위해 일하는 여자마법사는 모두 열세 명이었다. 하지만 왕궁에는 황금 접시가 열두 개밖에 없었다. 왕은 그래서 한 명을 초청하지 못했다.

잔치에 초대받은 마법사들은 미덕과 아름다움, 재산 등 세상에서 가질 수 있는 모든 것이 아이에게 주어질 수 있도록 축복을 내렸다. 잔치가 무르익어 기쁨과 축하의 말이 오갈 즈음 누군가 이 화기애애한 분위기를 단숨에 깨트려버렸다. 초대받지 못한 열세 번째 마법사였다. 그녀는 아이에게 저주의 말을 내뱉고 사라진다.

"공주는 열다섯 살이 되었을 때 물렛가락에 찔려 죽을 것이다."
모두가 놀라 어쩔 줄 모르고 있는데, 아직 축복의 말을 전하지 않은 마법사가 나섰다. "죽지는 않겠지만 백 년 동안 아주 깊은 잠을 자게 될 것입니다."
왕은 이날 이후 왕국 안에 있는 모든 물레를 없애버리라고 명령한다. 아이는 무럭무럭 자라 열다섯 살이 되었다. 그날따라 혼자 성안에 남아 있던 소녀는 성 이곳저곳을 돌아다니다 오래된 탑에 이르렀다. 좁고 꼬불꼬불한 계단을 올라가자 작은 문이 나왔다. 문에 꽂힌 녹슨 자물쇠를 돌리자 문이 활짝 열렸다. 작은 방안에 한 할머니가 물렛가락을 들고 부지런히 실을 잣고 있었다. 물렛가락을 처음 본 소녀는 실을 잣고 싶었다. "할머니, 제가 해봐도 될까요?" 소녀는 물렛가락에 손을 대자마자 그대로 쓰러져 깊은 잠에 빠져들고 말았다.
잠은 온 성안에 퍼졌다. 방금 돌아온 왕과 왕비도 시종도 잠이 들었고, 성을 지키던 문지기도 부엌에서 요리하던 요리사도 잠들었다. 잠은 왕궁 전체를 감싸 마당의 개들도 지붕위의 비둘기도 벽에 붙은 파리마저도 잠들게 했다. 바람까지도 잠들어 성의 나무들은 나뭇잎 하나 움직이지 않았다.

고요해진 성 주위로 가시덤불이 자라기 시작했다. 가시덤불은 점점 무성하게 자라나 성 전체를 덮어버렸다. 시간이 흐르자 성은 보이지도 않게 되었다. 그리고 왕궁은 전설이 되었다. 성안에는 장미라 불리던 공주가 자고 있다는 이야기가 멀리 퍼져나갔다. 이 이야기에 마음을 빼앗긴 젊은이들은 가시덤불을 뚫고 성에 들어가려 했지만 모두 그 안에 갇혀 헤어 나오지 못한 채 죽음을 맞았다.

백 년이라는 시간이 흘렀다. 전설을 들은 한 왕자가 왕궁에 도착했다. 그가 가시 울타리로 다가가자 가시덤불이 저절로 갈라져 지나갈 수 있게 해주었다. 그는 궁 안에서 잠든 이들을 지나쳐 무엇에 이끌린 듯 탑을 올라갔다. 탑 꼭대기에 이르자 잠자고 있는 공주가 보였다. 그녀의 아름다움에 끌린 왕자는 몸을 낮춰 입을 맞추었다. 그러자 공주는 오랜 잠에서 깨어났다. 공주가 깨어나자 성안의 모든 이들이 깨어났다. 둘은 결혼하여 오랫동안 행복하게 살았다.[27]

열세 명의 여자마법사

● 이 이야기 속 왕국에는 왕과 여왕은 있지만 공주도 왕자도 없다. 그러므로 이 왕국은 미래가 없는 곳이다. 마음의 왕국에 어른만 살고 있으면 많은 일이 안정적으로 돌아가지만 생기가 별로 없을 것이다. 일상이 잘 정돈되어 있고 질서 있지만 어제와 오늘이 같고 내일 역시 별다르지 않을 것이다. 그러므로 지금은 괜찮지만 언젠가는 이 왕국을 끌고 갈 힘이 다 소진되어 고갈될 수도 있다. 생각해보라. 봄에 새로 꽃이 피지 않는다면, 새싹이 더 이상 돋아나지 않는다면. 그래서 그들은 이렇게 말한다. '아! 아기가 있었으면!' 마음의 왕국에 아기가 태어나면 당신의 삶에는 새로운 빛이 찾아들 것이다. 잃어버린

호기심이 되살아나고, 세상이 예전과는 다른 눈으로 보일 것이다. 봄에 꽃망울이 터지기 시작할 때 느낄 수 있는 소리 없는 기쁨이 되살아날 것이다.

이들의 소원에 개구리가 응답한다. '아이가 곧 태어나게 될 것입니다.' 그런데 개구리가 예언하다니! 그것도 목욕하고 있는 여왕 앞에 나타나서. 물과 개구리는 떼어놓을 수 없는 관계다. 개구리가 살고 있는 늪은 물고기도 있고 벌레와 물풀이 무성하게 펼쳐진 곳이다. 여왕이 개구리를 만났다는 것은 이 왕국에 이제 신선하고 건강한 물이 흘러들어 생명들이 풍성해지기 시작했다는 뜻이다. 그러니 새로운 생명도 곧 태어날 것임에 틀림없다.

개구리나 뱀처럼 축축한 피부를 가진 동물은 습기가 없으면 말라 죽는다. 우리 내면의 생태계도 마찬가지다. 이런 늪지 동물은 기독교적 세계관이 지배하는 동안 오랫동안 부정적인 이미지를 지녀왔다. 생명의 원초적인 습기를 두려워하고 죄악시한 편협한 종교적 관점 때문이었다. 동화 속에서 이들은 죄나 오염, 타락의 의미보다는 자연스럽게 생겨나는 생명의 원초적 힘을 나타내는 역할로 등장한다. 이 이야기 속에서도 마찬가지다. 그러니 당신의 꿈에 개구리가 찾아오면 인생의 오랜 건기가 지나가고 물과 습기, 그리고 풍요가 다가오고 있다는 뜻일 것이다.
오랫동안 고대하던 아이가 태어나고, 왕국은 활기를 되찾았다. 왕은 생일잔치를 열어 손님을 초대한다. 왕이 초대해야 하는 이는 이 왕국을 위해 일하고 있는 열세 명의 여자마법사다. 마법사는 보이지 않는 자연의 미묘한 움직임을 잘 포착해 법칙을 파악하고, 그 법칙에 따라 힘을 사용하는 법을 아는 사람이다. 말하자면 마법사는 자연에 대한 높은 수준의 지식을 가지고 있는 사람이다. 과거에는 왕궁 전속 마법사가 있었다. 교회가 학문의 주권을 독차지하기 전이다. 마법사의 지혜는 사회적 규정 너머 자리 잡은 보편적인 자연법에 대한 이해에서 비롯되었다. 이들은 쉽게 해결될 수 없는 것처럼 보이는 일을 풀어갈 수 있게 조언한다.
그런데 우리의 이야기 속 왕국은 열세 명의 여자마법사로부터 지혜를 얻고 있었다. 마법사의 성별은 단순한 성차의 문제가 아니었다. 여성이 알 수 있는 것과 남성이 알 수 있는 것이 다르다고 여겼기 때문이다. 앎의 차원뿐 아니라 행위의 차원에서도 마찬가지다. 생명이 잉태되고 자라나 성숙하고 다시 시들어 죽어가는 과정에서 얻는 지혜는 여성의 것으로

여겼다. 여성이 바로 임신과 출산의 주체여서다. 신석기 농업시대의 신이 대부분 여신이었던 것도 이 때문이다. 열세 명의 여자마법사가 가진 지혜 역시 생명의 탄생과 성장과 관련되어 있다.

왜 열셋이었을까? 13은 금요일과 더불어 불길한 수로 여겨지기도 했다. 13일과 금요일이 겹치기라도 하면 정말 불길한 일이 일어날 것처럼 호들갑을 떤다. 하지만 여기 씌워진 부정적인 오명은 기독교 시대의 음모에 가깝다. 최후의 만찬 때 둘러앉은 제자 열둘, 예수를 포함하면 열셋이었으며 그날이 금요일이었다는 낭설에서 비롯되었다. 그러나 아서왕과 원탁의 기사도 모두 합쳐 열셋이었다.

13은 불길한 숫자가 아니라 달과 관련된 수다. 달이 하늘에서 사라졌다가 13일이 지나면 보름달이 되고 다시 13일이 지나면 사라진다. 그래서 프랑스 로셀에서 발견된 2만 5000년 전 여성 조각상은 눈금 열세 개가 새겨진 뿔을 들고 있다. 이 열세 개의 눈금은 달의 증식력을 상징한다.[28] 또한 고대 칼데아

여왕이 개구리를 만났으므로
왕국에 이제 신선하고 건강한
물이 흘러들어 생명들이
풍성해질 것이다.
Franz von Stuck, Once upon a Time, 1891

지방에 있는 달의 나무는 13개의 횃불에 둘러싸여 있는 것으로 그려졌다. 또한 고대 아즈텍 사람들은 열세 날이 스무 번 지나간 260일을 한 해로 여겼다. 최초의 달력은 달을 보고 만들어졌기 때문이다. 음력을 기준으로 할 때 일 년은 열두 달이 아니라 열세 달이다.

달이 한 바퀴 돌아 만월이 되기까지는 28일에서 29일이 걸린다. 이 주기는 알다시피 여성의 생리 주기와 같다. 고대에는 달이 여성의 임신과 출산에 영향을 준다고 생각했다. 달의 변화에 따라 바다와 물에 사는 동물들의 몸이 부풀었다 줄었다 하는 것처럼 여성의 몸 역시 달의 모양에 따라 바뀐다고 생각했다. 초승달이 만월이 되는 것처럼 임신한 여성은 배가 불러갔고 출산 후에는 다시 줄어드는 달처럼 날씬해진다. 달은 사흘 동안 죽은 것처럼 하늘에서 사라졌다 다시 새침한 모습으로 얼굴을 내민다. 그래서 고대 달의 여신은 탄생과 죽음을 관장하는 마법의 여신으로 여겨졌다.

그러므로 열세 명의 여자마법사는 이 왕국에 생명의 신비를 주관하는 이였을 것이다. 이들은 생명이 언제 시작되는지, 꽃이 언제 피고 지는지, 다시 땅으로 돌아갈 때가 언제인지를 알고 있다. 아마 왕비에게 개구리를 보낸 것도 그들이었을 것이다.

해와 달의 갈등

왕궁에는 황금 접시가 열두 개밖에 없었다고 한다. 황금은 예로부터 태양의 상징이다. 그러므로 황금 접시는 태양을 담는 그릇이다. 13이 달의 숫자라면, 12는 태양의 숫자다. 1년은 태양력으로는 열두 달이지만 태음력으로는 열세 달이다. 왕은 그릇을 왜 열두 개만 준비했을까. 그는 달을 중심으로 돌아가는 세계를 태양 중심으로 바꾸고 싶었나 보다. 왕은 접시가 열두 개밖에 없어 한 명을 초대하지 못했다고 하지만, 처음부터 황금 접시는 여자마법사들을 위한 것은 아닌 것 같다. 달의 힘과 관계된 이들이라면 황금 접시가 아니라 은 접시가 더 적절하다. 달의 상징은 은이기 때문이다.

고대에 해와 달, 금과 은은 동등한 가치를 가지고 있었다. 천문학의 발달로 우리는 태양이 달보다 훨씬 크고 강한 힘을 가지고 있다는 것을 알고 있다. 황금 역시 은보다 훨씬 비싼 가격에 거래되지만 마음의 우주에서는 꼭 그렇지만도 않다. 낮을 밝히는 태양과 밤하늘을 밝히는 달은 우리에게 같은 크기로 보인다. 지구에 살고 있는 생명에게 달은 태양만큼이나 중요하다. 달은 바닷물에 영향을 주며, 물에서 온 모든 생명체는 알게 모르게 달의 영향을 받는다. 심리학자인 에스더 하딩Esther Harding은 달이 여성의 배란기에 영향을 줄 뿐 아니라 목소리와 심리상태에도 영향을 미친다고 말한다.[29] 하지만 달이 미치는 영향은 태양보다 훨씬 미묘하고 은근하다. 태양은 빛과 그림자의 차이를 분명하게 만들어내지만 달은 그렇지 않다. 때로는 달 자신이 그림자와 하나가 되기도 한다. 태양은 강하게 삶을 추동한다. 아침이면 강렬한 빛으로 우리 잠을 깨우고, 저녁이 되면 그 빛을 다시 거둬들인다. 태양이 하루하루의 일과에 어떤 영향을 미치는지는 누구라도 쉽게 알아챌 수 있다. 하지만 달의 영향은 그렇게 명료하지가 않다. 어느 밤 마음이 혼란스러운 이유가 달 때문이라고 생각하는 사람은 아마 거의 없을 것이다. 하지만 달 역시 태양만큼이나 우리의 몸과 마음에 영향을 준다. 바다가 달에 끌려 밀물과 썰물을 만들어내듯이 우리의 감정이나 기분 역시 달의 영향을 받는다. 그러나 그 어두운 힘이 늘 분명하게 자각되는 것은 아니다.

태양의 수인 12는 13과 달리 명료한 수다. 2로도 나눠지고 3으로도 나눠지고 4로도 나눠진다. 나누기가 쉬운 수는 우리가 다루기 쉽고 이해하기 쉽다. 단순화하기도 쉽고 법칙을 만들기도 쉽다. 하루나 케이크 전체를 12로 나누는 것이 13으로 나누는 것보다 깔끔하고 간단명료하다. 13조각은 균등하게 쪼개기도 어렵고, 한 접시에 나눠 담기에도 뭔가 석연치가 않다. 12는 세 개씩 나누든 네 개씩 나누든 찌꺼기가 남지 않는다. 그러므로 12로 나눠 놓으면 산뜻하게 정리된 느낌이 든다. 13처럼 뭔가 하나가 남아돌아간다거나 이쪽과 저쪽이 불균형한 느낌이 없다. 이것이 12의 장점이자 동시에 맹점이기도 하다. 완벽한 균형은 보기에 좋을지 모르지만 죽은 상태와도 같다. 흔들림이 없기 때문이다. 틀에 사로잡히지 않는 여분은 균형을 흔들고 삶을 움직이게 만든다.

하지만 태양의 12의 관점에서 보면 달의 13은 잘 이해되지 않는 것, 그래서 낯선 것, 쉽게 파악되지 않는 것으로 보인다.

마치 수학으로 시를 이해하기 힘든 것처럼 말이다. 하지만 달의 어슴프레한 그림자처럼 잘 파악되기 어려운 무엇인가가 우리 삶을 움직인다. 또한 그 어두운 힘이 무엇인가를 가져다주기도 하고, 다시 거둬가기도 한다. 열세 명의 여자마법사가 수호하고 있는 힘이 그러하다. 거기에는 기쁨을 주는 힘도 있지만 거꾸로 슬픔을 가져오는 힘도 있다. 생명을 가져다주기도 하고, 다시 앗아가기도 한다. 서로 상반된 듯이 보이는 두 양상이 실은 한 생명의 다른 모습이다. 여기서 우리의 욕망에 부합하는 것만 택하고, 그렇지 않은 것은 배제해버릴 수도 없다. 우리의 하루가 낮과 밤, 잠과 깨어남이 교차되는 것처럼 말이다.

그러나 왕은 이런 13의 차원을 받아들이고 싶지 않았다. 자신이 쉽게 파악할 수 있고 쉽게 다룰 수 있는 12의 법칙에 13을 맞추고 싶었다. 그러나 13의 차원을 12로 다 담을 수는 없다. 왕은 아주 간단한 해법을 내놓는다. 하나를 빼버리는 것이다. 그는 자신이 만들어낸 12의 법칙이 너무 맘에 들어 그걸 고수하고 싶었던 듯하다. 12칸으로 만든 도표가 너무 명쾌하고 그럴 듯해 보여 그 도식에 맞지 않는 것은 무의미하다고 여겼을지도 모른다. 가끔 병원에 가면 의사가 이런 말을 한다. '그건 무의미한 증상입니다.'

많은 과학법칙이 예외를 인정한다. 하다못해 예외 없는 법칙은 없다는 법칙도 있지 않은가. 그런데 법칙에 들어맞지 않는 일은 정말 무의미할까? 의미가 없는 일이란 어떤 것일까? 누가 의미가 있고 없음을 결정할까? 이야기 속에서는 왕이 그것을 결정한다. 그는 이 왕국을 책임지고 있는 최고 권력자이기 때문이다. 왕은 지배권력을 상징한다. 우리 마음의 왕국에서도 그렇다. 당신의 마음을 지배하는 가치의 기준은 무엇인가? 당신도 혹시 명료하고 합리적인 것이 간편하다는 이유로 쉽게 이해할 수 없는 것을 무시하지는 않았는가? 왕은 자신의 결정이 산뜻하다고 생각했겠지만, 결과는 정반대였다. 실상은 늘 예상을 빗나간다. 우리가 가진 앎의 그릇이 존재를 다 담기에는 터무니없이 작기 때문이다. 지식은 존재를 추월하지 못한다.

자연의 복수

● 생일잔치가 벌어지는 행복한 날에 왕이 밀쳐낸 어둠의 그림자가 그들 눈앞에 모습을 드러냈다. 초대받지 못한 열세 번째 여자마법사가 화난 얼굴로 들이닥친 것이다. 그녀가 화가 난 것은 사악하기 때문이 아니다. 열셋 중 누구도 사악하지는 않다. 어떤 판본에는 이들이 모두 지혜로운 마법사였다고 적혀 있다. 하지만 존재를 거부당한다면 누구든 화가 나는 것은 당연하다. 흥겨운 잔치에 당신만 초대받지 못한다면 기분이 어떨지를 생각해보라. 그것도 당신 덕분에 생긴 아이의 탄생을 축하하는 자리에 당신을 배제시켰다면 어떻겠는가.
감정은 당신만 가지고 있는 게 아니다. 사람들은 가끔 자기만

감정이 있다고 생각한다. 그래서 오랫동안 동물은 감정이
없다고 여기기도 하고, 식물은 말할 것도 없이 그러하다고
여긴다. 그러나 최근의 연구에 의하면 식물 역시 서로
자리다툼을 벌이기도 하고 공포 반응을 보이기도 한다. 어쩌면
동식물은 물론이고 존재하는 모든 것이 감정을 느낄지도
모른다. 지구와 달은 물론이고 하늘의 별까지도.
불쾌한 얼굴로 들이닥친 열세 번째 마법사는 배제되고
무시되었기 때문에 화가 났다. 어쩌면 그녀가 나타나자 어쩔
줄 모르고 당혹스러워하는 그들의 얼굴을 본 순간 화가 더
치밀었을지도 모른다. 찌푸린 얼굴을 보자 그녀 역시 똑같이
반응한다. 그녀는 어둡고 무서운 얼굴로 이렇게 말한다.
"공주가 열다섯 살이 되었을 때 물렛가락에 찔려 죽을 것이다."
이 말은 바꿔 말하면 이러하다. "네가 나를 무시했으니 너에게
준 선물을 다시 가져가겠다." 아이를 이 세상에 태어나도록
도운 것이 그녀들이었기 때문이다.
마리 루이제 폰 프란츠는 이런 식의 복수를 여성적 복수 또는
자연이 복수하는 방식이라고 주장한다. 그의 말을 더 들어보자.
"인간만 징벌과 복수를 내보이는 것은 아니다. 자연 역시
복수한다. 같은 일이 심리적으로도 일어난다. 자연의 뜻과

일치하지 않는 잘못된 인간의 태도에 대해 자연이 되갚는 일이 일어난다. 겉보기에는 아무런 도덕적 결함이 없는 사람이 불운을 겪는 것이 이런 경우다. 이는 어떤 일이 자연스럽게 진행되는 과정에서 일어나는 징벌이라고 할 수 있다. 예컨대 이십 년 동안 앉을 새도 없이 급하게 음식을 먹어온 사람은 결국 위장병이라는 벌을 받게 될 것이다. 이런 것은 사람의 법과는 관계가 없지만 자연스럽게 뒤따르는 결과다. 잘못된 행동은 불운이나 병으로 이어진다. 고대 신화에서 자연이 가진 이런 힘을 여신의 것으로 여겼다. 이를 일컬어 네메시스Nemesis(복수), 모이라Moira(운명), 테미스Themis(정의)라 불렀다."[30]

자연법과 인간이 만든 법 사이에는 일치하지 않는 부분이 있다. 인간은 자기 편의대로 자연을 다루고 싶어 하지만 실제로 자연은 그렇게 호락호락하지 않다. 자연법은 인간의 규정과는 다른 차원에서 작동한다. 인간이 만든 법이 자연법을 무시할 때, 자연은 인간의 방식과는 다른 방식으로 복수한다. 어떤 의미에서는 복수라기보다는 자연법이 유지되기 위해 정의를 행하는 방식이기도 하다. 양팔저울의 한 쪽 접시가 너무 한 쪽으로 기울었을 때 반대편에 무게를 더해 균형을 맞춰야 하는 것처럼 말이다. 사람이 임의대로 정한 규정이 자연의 흐름을 과도하게 막아섰을 때 그 규정이 더 이상 작동할 수 없도록 자연의 편에서 힘이 작동된다.

인간적 의미에서 불운이라고 하는 것도 자연의 처지에서 보면 당연히 일어나야 하는 일인 경우가 많다. 강의 흐름을 마음대로 바꾼다든지 땅의 지력을 무시하고 광대한 땅에 단일한 종만을 심어 땅의 힘을 고갈시킨다든지 하는 폭넓게 저지르는 큰 잘못은 사람의 편의를 위한 것인지는 몰라도 자연을 무시하는 행위다. 무시된 자연은 복수한다. 산불, 홍수, 기근 등 근래에 일어나는 대규모의 자연재해는 자연이 인간의 문명에 대해 행하는 복수다.

개개인한테도 이런 일은 일어난다. 앞서 예로 든 위장병과 같은 몸의 이상뿐 아니라 불안, 초조, 짜증 등의 불쾌감으로도 나타난다. 뚜렷한 이유도 없이 화나거나 뭔가가 잘못된 느낌, 더 나아가 분노, 억울함 등이 바로 자연의 복수 때문에 일어나는 일이다. 이런 불쾌한 기분과 감정에 휩싸이면 우리는 타인에게 친절할 수 없다. 마치 그 원인이 다른 사람에게 있는 것처럼 물어뜯을 상대를 찾아 배회한다. 그도 아니면 자기 자신에 대한 죄의식과 열패감으로 스스로를 서서히

그리스 신화에는 운명의
여신이 셋 있다. 클로토,
아트로포스, 라케시스다.
이들을 일컬어
모이라이라 부른다.
John Melhuish Strudwick,
A Golden Thread, 1885

망가트린다. 이것이 바로 고대인이 '네메시스', 다시 말해 '자연의 복수'라 부른 것이다.

열세 번째 마법사의 복수는 왕이 자초했다. 어쩌면 그날 이후 이 왕국에는 이상한 불안이 감돌았을 것이다. 그림자처럼 드리운 이 불안이 바로 자연의 복수다. 왕이 자기 편의대로 자연을 재단하고 불필요하게 여겨지는 것을 자의대로 밀어냈기 때문이다. 공주는 자라나면서 왕국에 퍼져 있는 불안의 그림자를 흡수하게 되었을 것이다. 모두가 뭔가를 두려워하는데 입 밖으로 소리를 내지 않는 것 같은, 무엇을 두려워하는지 분명치는 않지만 분명 불길한 뭔가에 대해 쉬쉬하고 있는 분위기에서 자랐을 것이다. 왕궁에는 어떤 어두운 비밀이 있지만 누구라도 선뜻 말하지 못하는 상태가 내내 이어졌을 것이다.

왕은 왕국의 모든 물레를 없애라고 명령했지만 어딘가 석연치 않은 데가 있었다. 왕의 눈에 물레는 보이지 않았지만, 그래서 운명을 피할 수 있으리라 생각했지만, 그래도 불안은 여전히 남았다. 그는 정신상태가 날로 피폐해졌을지도 모른다. 걸핏하면 화내고 사소한 일에도 신경이 사나워졌을 거다.

마침내 정해진 시간이 왔다.

운명은 물레처럼

혼자 남은 공주는 숨겨진 비밀의 방을 연다. 오래된 탑, 꼬불꼬불한 계단, 녹슨 열쇠로 열리는 문, 물레를 돌리는 할머니. 이들은 모두 아주 오래된 것, 긴 시간을 거치는 동안 살펴보지 않던 것, 늘 곁에 있으나 주목하지 않은 세계의 이미지다. 특히 꼬불거리면서 빙빙 도는 계단은 나선형으로 움직이는 자연의 힘을 나타낸다. 새로 돋아나는 나뭇잎도, 파도도, 별도 모두 나선형으로 움직인다. 공주는 이제 감춰진 이 미묘한 차원으로 발을 내딛는다. 아무도 주목하지 않았지만 운명은 비밀의 방에 숨어 시간의 물레를 돌리고 있었다.

그리스 신화에는 운명을 관장하는 여신이 셋 있다.

클로토Clotho(실을 잣는), 라케시스Lachesis(할당하는), 아트로포스Atropos(되돌릴 수 없는)다. 이 세 명을 모두 합쳐 모이라이Moirai라 부른다. '운명의 여신들'이라는 뜻이다. 이들은 쉬지 않고 시간의 물레를 돌린다. 클로토가 실을 잣기 시작할 때 누군가가 태어나고, 라케시스가 실을 감는 동안 삶이 유지되며, 아트로포스가 실을 자르면 삶은 끝난다. 한 사람의 일생뿐만 아니라 생겨났다 사라지는 모든 것의 운명을 이 여신들이 관장한다. 그녀들이 만들어내는 실로 우리는 각자 운명의 천을 짠다. 그녀는 이 세상에 아이를 보내주기도 하고, 삶의 시간이 다했을 때 다시 거둬가기도 한다.
'모이라'는 '할당된 몫'이라는 뜻이다.[31] 운명의 여신은 어머니인 정의의 여신이 만든 법에 따라 몫을 분배한다. 고대 그리스 철학자 플라톤은 '모이라'가 '필연'을 낳는다고 말한다. 운명은 우연을 가장하지만 정해진 법에 따라 정확하게 몫을 나눈다는 것이다. '뿌린 대로 거둔다'거나 '행한 대로 되돌려 받는다'라는 말은 모두 모이라의 법칙을 말한다. 모이라는 자연의 법칙에 따라 일한다. 인간이 생각해내고 구성해낸 자연법이 아니라, 인간 이전에 존재하는 자연법을 말한다.
모이라가 시행하는 법은 우리가 알고 있는 자연법칙 너머에서

작은 방 안에 한 할머니가 물렛가락을 들고
부지런히 실을 잣고 있다. 물렛가락을 처음 본
소녀는 실을 잣고 싶었다.
Walter Crane, The Sleeping Beauty, 1875

움직인다. 그 법은 인간의 입맛대로 바꿀 수 없다. 온 세상의 물레를 모두 없애버려도 태양과 별을 움직이는 물레를 없앨 수 없는 것처럼 말이다. 자연법의 정의를 시행하는 운명의 여신의 힘을 느낄 때마다 겸손해지지 않을 수 없다. 그녀는 늘 우리가 행한 대로 돌려준다. 이 말은 '권선징악'의 개념과는 다르다. 운명은 인간이 정한 선악의 개념 너머에 있다. 자연은 선하지도 악하지도 않다. 선악의 관념은 지극히 관계적이어서 처지에 따라 달라진다. 선과 악을 넘어 각각의 존재에게는 각각의 몫이 있다. 그 주어진 몫을 어떻게 요리할 것인지는 각자의 자유다. 그러나 주어진 몫을 정하는 것은 내가 아니라 우주 전체가 돌아가는 보이지 않는 법칙이다.

모든 물레를 없애라는 왕의 명령은 그러므로 왕의 무지와 오만에서 비롯되었다. 왕은 운명을 자신의 뜻대로 좌지우지할 수 없다. 기껏해야 왕이 할 수 있는 것은 운명을 외면하는 것뿐이다. 그리고 그는 그렇게 했다. 그의 눈에는 물레가 보이지 않았지만, 운명을 관장하는 모이라의 물레는 보이지 않는 곳에서 계속 돌고 있으니 말이다. 마침내 정해진 그때가 왔다. 열다섯 살이 되었을 때 소녀는 운명의 물렛가락에 손을 찔린다.

사랑이 잠들다

프로이트 계열의 정신분석학자들은 공주가 물렛가락에 손을 찔렸다는 대목을 성적인 의미로 해석한다. 열다섯 살 소녀가 첫 월경과 함께 경험하게 되는 성적 본능과의 마주침이라고 본다. 신학자이자 심리학자인 오이겐 드레버만Eugen Drewermann은 프로이트를 인용하며 빙빙 돌아가는 계단을 오르는 것은 성적 쾌락의 절정에 가까워지는 것이라고 했다. 또 안에서 잠겨 있는 녹슨 자물쇠를 여는 것도 성에 대한 경험이라고 해석했다. 그는 아버지가 딸을 과잉보호하는 바람에 불안에 빠진 여성의 심리 상태를 그려내는 이야기로 본다.[32] 그럴 수도 있다. 가족 내부에서 일어나는 무의식적 욕망과 그로 인한 불안을 이야기했다고 볼 수도 있지만, 나는 그 이상의 의미를 가지고 있다고 본다.
이 이야기는 분명 왕의 잘못된 선택으로 인해 공주가 위험에 처하는 이야기다. 이 일은 왕의 편협한 사고방식 때문에 일어났다. 소녀가 열다섯 살이 되어 물레바늘에 찔리는 게 자연스러운 일이라면 이 말이 저주가 되지도 않았을 것이다. 게다가 이 일로 소녀만 잠든 게 아니라 왕궁 전체가 잠에 빠진다. 그렇다면 소녀의 잠은 개인의 문제가 아니다.
사실 왕과 여자마법사 사이에서 일어난 12와 13의 대립과 갈등은 개인의 문제라 할 수 없다. 이 갈등은 사회법과 자연법의 갈등, 합리성과 비합리성의 갈등, 이성과 감성의 갈등, 보이는 것과 보이지 않는 것 사이의 갈등으로 볼 수도 있다. 집단무의식에서 일어나는 로고스와 에로스의 갈등, 남성적인 것과 여성적인 것의 갈등으로 해석할 수도 있다.
이렇게 놓고 보면 공주가 열다섯 살에 죽음과 같은 잠에 빠진다는 말은 이 나이 즈음해서 13의 세계가 죽어버리거나 잠들어버린다는 말로 해석할 수 있다. 다시 말해 이제 생명이나 느낌이나 감성과 같은 합리성의 잣대로 쉽게 이해할 수 없는 차원은 의식에서 사라져 무시될 것이라는 뜻이다. 왕이 자신의

소녀가 잠이 들자 잠은 온 성안에 퍼졌다.
바람까지도 잠들어 성의 나무는 나뭇잎 하나
움직이지 않았다.
Edward Burne-Jones, The Sleeping Beauty, 1890

생각에 맞지 않는 것을 거부했듯이. 인간이 정한 법에 맞지 않는 것, 분명하고 명료하고 이성적인 틀에 맞지 않는 것을 무가치하다고 여기니 이제 이 세계에서 사라져버릴 거라는 말이다. 그런데 왜 하필이면 열다섯 살일까?

알다시피 이 나이는 소위 사춘기가 시작되는 때다. 우리 인생에서 꽃이 만개하는 봄날이 시작되는 때다. 사랑의 본능 역시 이때 꽃봉오리처럼 피어나기 시작한다. 철학자 플라톤도 말했듯이 사랑은 모순된 감정이다. 그는 〈심포지움〉에서 사랑의 신 에로스의 부모는 빈곤과 풍요라고 말한다.[33] 또한 결핍감을 느끼면서도 충족감을 느끼는 감정이라고도 말한다. 그러나 이중적이면서도 모순된 이 감정은 우리의 영혼을 더 높은 차원으로 드높이는 힘을 가지고 있다고 한다.

사랑이 우리를 고통스럽게 만드는 것은 사랑의 이중성 때문이다. 서로 상반된 마음이 교차하며 우리를 희망과 절망의 소용돌이 속으로 밀어 넣는다. 사랑이 가져다주는 혼란은 우리를 파괴할 것처럼 거세지만 다른 한편으로는 그 혼란 속에서도 알 수 없는 희열이 우리를 사로잡는다. 사랑의 힘이 우리 자신보다 더 크고 강하기 때문이다. 사랑은 우리의 의지대로 다룰 수 있는 대상이 아니다.

인생에서 마주치는 사랑은 우리를 우리 뜻과 관계없는 차원으로 몰고 간다. 많은 사람들이 사랑으로 슬퍼하고 사랑으로 기뻐한다. 사랑으로 미치는가 하면 때로는 사랑 때문에 많은 것을 잃기도 한다. 합리성과 유용성의 입장에서 보면, 사랑만큼 거슬리는 것도 없다. 많은 사람들이 사랑이라는 말을 밥 먹듯이 하는 세상이 되었지만 정작 사랑은 점점 더 삶에서 고갈되고 사라지는 것처럼 보인다. 많은 이들이 욕망과 사랑을 혼동하며 사랑의 단맛만을 추구하기 때문이다. 또는 사랑을 윤리적인 가치에 귀속시켜 합리화해버리기 때문이다. 하지만 인생에서 사랑을 받아들인다는 것은 위험을 감수하겠다는 것이며, 자기 자신을 넘어선 신적인 것을 위해 안전을 포기하겠다는 것과도 같다.

사춘기는 바로 인생에서 그런 사랑이 처음으로 깨어나는 때다. 로미오와 줄리엣이 만난 때가 그때다. 그들은 사랑을 위해 세상의 법과 맞섰다. 이들의 사랑이 비극적인 결말로 끝난 것은 그만큼 순도 높았기 때문이다. 이들의 사랑을 반대하던 양쪽 부모처럼 어른이 되면 다들 그러지 않는가. 시간이 흘러 나이가 들면 인생의 가치가 다른 것으로 바뀌기 때문이다. 사랑의 감정이 처음 인생에 찾아들던 때의 오롯한 감정을 잃어버린 채.

타자가 된 여성혼

고대에는 사랑을 여성적인 것으로 여겼다. 이질적인 것을 감싸 안고 서로 섞으며 이전과는 다른 것으로 변환시키는 힘이 여성에게 있다고 생각했기 때문이다. 유럽에서 사랑의 상징으로 삼는 성배는 원래 여성을 상징하는 물건이었다. 여신의 상징인 초승달 역시 일종의 그릇이며, 여신의 그릇 안에서 빛과 어둠이 교차하며 새로운 생명을 잉태하고 탄생시킨다고 여겼다.
사랑은 별로 지적이지도, 논리적이지도, 이성적인 것은 더더욱 아니어서 알 수 없는 기분이나 뭐라 말하기 힘든 야릇하고 모순된 감정으로 찾아온다. 여성은 대체로 이런 감정을 다른 논리로 바꿔치거나 설명하려 하지 않는다. 하지만 많은 남성이 이런 상태를 자기 것으로 소화하기보다는 바깥에서 원인을 찾으려 한다. 더 나아가 이 상태를 해소하고 싶어 한다. 이때 그 역할을 하는 것이 바깥의 여성이다. 그는 자신의 내부에서 그윽하고 몽환적으로 일어나는 기분과 감정을 어쩌지 못해 그것을 받아줄 상대를 찾게 된다.

남성의 이런 상태는 그의 아니마가 아직 미성숙해서 일어나는 일이다. 사랑은 단순한 어떤 몽환적인 기분이나 야릇한 감정 이상의 것이다. 그리하여 이 상태를 없애야 하는 것으로 취급해버리면 그는 미숙한 상태로 남게 된다. 그럼 어떻게 해야 할까. 이 상태에서 재빨리 벗어나려 애쓰지 않으면서 그 감정과 함께 있을 필요가 있다. 중세 기사들이 귀부인을 사랑하는 이야기인 로망스가 말하고자 했던 것도 이것이다. 사랑의 열정을 함부로 소모하지 말고 오래 간직할 것!

그러나 짐작하다시피 쉽지 않다. 이유는 여러 가지다. 가장 큰 것은 이런 상태를 경험하는 남성에게 비난이 따른다는 점이다. 부드러움에 대한 끌림, 어두운 것, 미묘한 것, 은근한 것, 습기 찬 것, 어스름한 것에 젖는 것은 명확하고 분명하고 시간을 다투는 일상의 현실과 상반되기 때문이다. 남성은 수천 년 동안 싸우고 이기고 정복하고 지배하는 것을 덕목으로 여기며 살아왔다. 소위 사냥꾼과 살해자 본성을 더 남성적인 것으로 생각했으니, 이런 상태를 약해지는 것, 싸움에서 지는 것, 열등해지는 것으로 여겼으리라. 그리하여 영혼에서 일어나는 이런 상태와 감정은 모두 여성적인 것이 되어버렸다.
너무 오랫동안 남성은 이런 심리를 자기 것이 아니라고 여겨왔기 때문에 오롯이 타자의 몫이 된 것이다. 그래서 남성한테는 달빛처럼 오묘하게 흔들리고 있는 이 감정을 달래주고 해소시켜 줄 여성이 필요했다. 그러나 상대 여성이 더더욱 자신을 끌고 가 감정에서 빠져나올 수 없게 만든다면, 그는 그녀를 비난하게 될 것이다. 역사 속에서 너무나 빈번하게 일어난 여성 혐오와 여성 비하는 남성이 자기 내부의 여성성을 마주하면서 자신의 것으로 수용하지 못했기 때문에 일어난 일로 볼 수 있다. 여성이 남성 내부의 여성성을 해소시켜 줄 도구로 전락하면 여성은 사물화되고 비하된다.
공주가 열다섯 살이 되면 물렛가락에 찔려 죽음을 맞을 거라는 저주는 가부장제에 의해 여성혼이 처한 난국을 말해준다.
이야기 속 왕국에는 왕도 있고 여왕도 있었으니 이 이야기는 여성과 남성 모두에게 해당된다. 왕과 여왕은 집단의식의 두

중심을 상징한다. 이 이야기 속에서 왕은 자기 맘대로 세계를 재편하려 했고, 여왕은 발언권을 잃은 채 그 방식에 동조했다. 왕이 여성적인 것을 제 편의대로 재단하려 했으니 여성적인 것이 힘을 잃고 왕국이 긴 잠에 빠지게 된 것이다.

상처 입은 마음

공주가 쓰러져 잠들자 성안의 모든 이들도 잠든다. 그러자 성을 에워싸고 가시덤불이 자라기 시작했다. 가시덤불 속에서 해마다 장미가 피었다. 성안에 아름다운 공주가 잠들어 있다는 소문은 멀리 퍼졌다. 사방에서 잠든 공주를 보기 위해 성에 다가왔지만 아무도 성에 들어갈 수 없었다. 가까이 오는 이들은 가시에 찔려 죽거나 다쳤다. 시간이 흐를수록 장미 넝쿨은 점점 자라나 마침내 성을 뒤덮어 버렸고, 잠자는 공주의 이야기는 전설로만 남았다. 호기심 많은 남자와 혈기 넘치는 청년들이 성으로 들어가려 했지만 모두 가시덤불에 휘감겨 죽음을 맞았다.

장미는 사랑을 상징하는 꽃이다. 서양에서는 아름다움의 여신인 아프로디테를 상징하는 꽃이었고, 기독교가 들어온 이후로는 성모마리아를 상징하는 꽃이 되었다. 성은 장미 넝쿨에 감싸였지만 이 성에 가까이 다가간 사람들은 아프로디테의 아름다움도 성모마리아의 자애로움도 느끼지 못하고 죽어갔다. 아무도 받아들이려 하지 않는 성난 장미였기 때문이다. 하지만 왕궁은 장미꽃을 피워 영혼이 아직 죽지 않고 살아있음을, 그것도 그 내부에 아름다운 영혼이 잠들어 있음을 알렸다. 그러나 아직은 누구도 받아들이고 싶어 하지 않았다. 존재를 부인당하고 무시당한 분노가 쉽게 풀리기 만무하기 때문이다.

마리 루이제 폰 프란츠는 거부된 여성성, 상처받은 여성성은 상처를 가시로 표현한다고 해석한다. 폰 프란츠는 남녀 간에 벌어지는 사랑싸움을 예를 들어 이 상황을 이야기한다. 여성이 가시처럼 까칠하게 굴 때는 자신을 좀 더 잘 이해해달라는 메시지가 숨겨져 있다고 한다. 자신의 마음을 말로 차분하게 전달할 정도로 성장하지 못했을 경우 그녀는 상대의 가장 민감한 부분을 쏘는 말로 찔러버린다는 것이다. 상대 남성은 이럴 때 자기 내면에 기분을 좌우하는 아니마의 명령을 따른다.

공격받은 미숙한 아니마는 상대를 포용하기보다는 독을 뿜어댄다. 그리하여 이 갈등은 좀처럼 쉽게 해소되지 않은 채로 가시와 칼이 맞붙는 양상으로 진행된다.[34]

가시처럼 상대를 찌르는 말, 쏘아보는 눈빛, 타인과의 접촉을 거부하면서 표출되는 공격성 등은 여성에게만 나타나는 것은 아니다. 내면의 여성성이 상처받으면 남녀를 불문하고 타인과 진정한 관계를 맺기가 힘들다. 거절당한 경험이 타인을 거부하는 방식으로 표현되는 것이다. 그 또는 그녀는 장미 넝쿨로 에워싸인 성처럼 겉보기에는 아름답고 매혹적일 수 있지만 누구와도 진정한 관계를 맺기 힘들다.

13으로 상징되는 미묘한 생명의 차원이 거부됨에 따라 세상은 더 건조하고 딱딱한 곳이 되어버렸다. 가시는 식물이 자기 자신을 보호하기 위해 만들어낸 보호 장치다. 가시로 가득 뒤덮인 식물은 주로 사막에서 자란다. 선인장처럼 가시를 뻗어 생명을 이어갈 물을 보호한다. 공주가 잠든 왕궁 역시 자신의 영혼을 보호하기 위해 가시덤불을 키운다. 누구든 함부로 다가오거나 억지로 잠을 깨우려는 자는 가시에 찔려 죽음을 맞는다.

자연이건 사람이건 가시가 돋았다면 뭔가 중요한 것을

잠든 가시공주를 깨울 수 있는 이는
누구일까. 긴 시간을 참고 기다린
이는 누구였을까.
Edward Burne Jones, Love among the
Ruins, 1893.

백 년이라는 시간이 흘렀다.
그가 가시 울타리에 다가가자
가시덤불이 저절로 열려 지나갈
수 있게 해주었다.
Edward Burne Jones, The Heart of
the Rose, 1901

보호하고 있으니 함부로 다가오지 말라는 뜻이다. 하지만 많은 사람이 칼을 들고 찾아오는 성급한 왕자처럼 가시와 맞붙어 싸운다. 이들은 얼른 문을 열고 성안에 들어가고 싶어 한다. 가시덤불쯤이야 간단하게 베어버리면 된다고 생각한다. 그들에게는 나무가 왜 가시를 만들어내는지가 별로 중요하지 않다. 세상의 모든 자연이 인간의 목적에 봉사하기 위해 생겨난 것을 믿는 사람들처럼 말이다. 사람이든 자연이든 상대가 어떤 상태인지를 고려하지도 않고, 배려하지도 않는 사람들은 모두 가시덩굴에 휘감겨 죽음을 맞이할 것이다. 그들은 영혼이 무엇인지 어떻게 영혼과 만나야 하는지 아무것도 이해하지 못한 채 싸우기만 하다 죽어갈 것이다.

칼을 들고 찾아온 왕자들은 대체로 앞길을 막는 가시덤불에 의기양양하다. '열 번 찍어 안 넘어가는 나무 없다'가 칼을 들고 가시덤불로 뛰어드는 왕자들의 태도다. 그러나 그들은 모두 가시덤불에서 헤어 나오지 못한 채로 죽음을 맞는다. 공주가 잠든 곳에서 자라나는 가시나무는 칼로 제거될 수 없기 때문이다. 오히려 칼처럼 날카로운 가시에 찔릴 뿐이다. 가시에 한번 찔린 왕자는 당장 그 나무를 베고 싶어질 것이다. 그는 화를 내고 닥치는 대로 칼을 휘둘러댄다. 그러면 그럴수록 가시덤불에서 헤어 나오지 못하게 되어 있다. 잠들어 있는 공주에 대한 호기심으로 함부로 성으로 달려드는 왕자들은 모두 공주를 만나보지도 못하고 죽음을 맞는다.

마음의 칼

칼을 든 왕자들로 표현되는 성급한 마음은 감정이나 느낌을 기계적인 논리나 폭력으로 처리하려는 태도로 이해할 수 있다. 칼은 베고 자르고 찌르며 죽이는 도구다. 인류 문명은 칼을 발명해 수많은 일을 인간 편의에 맞게 바꿀 수 있었다. 칼은 나누고 잘라 편의에 맞게 사용하는 도구다. 칼은 칼을 쥔 자의 의도에 맞게 질서를 만드는 데 사용되고, 그 질서는 떨어진 것을 합하는 것이 아니라 붙어 있는 것을 자르고 나누는 일이다. 칼에는 정신적인 칼도 있다. 말과 논리, 법칙을 만들어내는 힘이다. 그리스인은 그 힘을 일컬어 로고스logos라 불렀다.

로고스는 칼처럼 세상을 나누고 분류하여 이름을 붙인다. 그리하여 그것이 무엇인지 명확하게 하고 정한 기준에 따라 시시비비를 가린다. 만약 로고스의 힘이 없다면 우리는 혼돈 속에 처박혀 문명을 발달시키지 못한 채 원시적인 상태로 살았을지도 모른다. 로고스는 우리의 삶을 편리하게 하며 어지러운 혼란을 막아 안전하게 만들어 주기도 한다. 이 힘은 세상에 질서를 부여하고 법률 체계를 만들어내며, 추상적인 세계에 대한 관념을 만들어내 삶을 끌고 가는 가치를 규정하기도 한다.

하지만 로고스로 어찌할 수 없는 세계도 있다. 바로 느낌과 감정의 세계다. 우리가 배운 것, 우리가 아는 것, 옳다고 여기는 많은 것이 감정이나 느낌에는 잘 맞지 않을 때가 많다. 옳은 감정과 옳지 않은 감정이라는 게 있을까? 우리가 부정적으로 여기는 분노, 시기, 질투 등의 감정을 이성으로 교정할 수 있을까? 이성이 할 수 있는 것은 감정의 표현을 자제하는 것뿐이다. 또는 감정이 일어나게 된 동기나 이유 등을 찾아내는 일이다. 물론 그것만으로도 훌륭하다. 하지만 그렇게 해서 감정을 편의대로 다루기는 쉽지 않다. 겉으로 드러나지 않더라도 그 감정이 그대로 사라지는 것은 아니다. 오히려 어쩌다 일어난 감정을 누르려 하면 할수록 속에서 그 에너지는 커진다. 분노가 가시로 자신을 표현하는 것처럼 말이다.
이성은 항상 감정을 제어하려 하고 합리적으로 문제를 해결하려 하지만, 생각의 틈으로 감정이 슬그머니 고개를 들고 올라온다. 가만히 들여다보면 결정을 내리는 쪽은 감정인 경우가 많다. 예를 들어 어떤 사람이 맘에 들면 그가 하는 말도 옳은 것처럼 느껴질 때가 있다. 우리는 이성으로만 이 세계를 살아가는 게 아니다. 도덕적 판단에는 항상 감정이 끼어든다. 뚜렷한 이유 없이 어떤 사람이 싫을 때 대부분의 사람들은 그가 뭔가를 잘못하고 있다고 생각한다. 거꾸로 예쁜 것과 착한 것은 아무 상관이 없는데도 '예쁘면 착하다'라는 말도 안 되는 판단을 내리기도 한다. 나를 기쁘게 하는 것은 선하다고 믿는 까닭이다.
오랫동안 이성을 무력화하고 이성의 올바른 판단을 저해하는 감정을 제어하고 밀어내기 위해 철학자들은 무척 애를 써왔다. 감정을 순화하고 감정을 계몽하려는 움직임도 만만치 않게 일어났다. 유럽에서는 낭만주의 시대에 인간의 감정을 미적으로 교육해야 한다는 주장이 힘을 얻었다. 중국을 비롯한 한자문화권에서는 유교를 통해 감정을 합리화하고 도덕으로

승화시키려 애쓰기도 했다. 그러나 감정은 합리화의 그물을 항상 빠져나간다. 물과 같은 속성을 가지고 있기 때문이다. 감정은 물처럼 흐르고 고인다. 감정은 따뜻한 태양에 증발하거나 차가운 공기에 얼어버릴 뿐 칼로 벨 수가 없다. 감정을 논리로 처리하려는 것처럼 어리석은 일은 없다. 저주로 인해 잠든 성을 에워싼 가시를 칼로 벨 수 없는 것은 이 때문이다. 상처로 인해 생겨난 가시 돋친 말과 행동은 억제될 수는 있겠지만 쉽게 없애버릴 수는 없다. 한쪽에서 사라진 듯하다가도 다른 곳에서 되살아나 발목을 잡고 직진을 방해한다. 마음의 상처에서 생기는 가시는 상처가 아물기 전에는 사라지지 않는다. 설령 누군가의 합리적인 설득으로 잠시 제거되는 것 같다가도 어느새 다시 돋아난다. 이성과 논리와 설득으로는 상처받은 감정을 없앨 수 없다. 그럼 어찌할 것인가.

기다리기

● 왕자가 이 성에 잠들어 있는 공주를 만나려면 어떻게 해야 할까? 공주를 만나는 데 성공한 왕자는 어떤 사람이었을까? 이 이야기 속에 공주를 만나 입맞춤한 왕자는 특별한 왕자가 아니다. 이전에 이 성에 달려왔던 다른 왕자들보다 더 잘생겨서도 더 용감해서도 아니다. 그저 그가 한 일이라고는 100년이라는 긴 시간이 흐른 후 시간 맞춰 제 때에 도착했다는 것뿐이다. 이처럼 쉽고도 어려운 일이 어디 있을까. 이야기는 왕자에게 공주의 문제를 해결하라고 권하지 않는다. 다만 100년이라는 약속된 시간이 다 흐를 때까지, 그래서 잠든 왕궁이 스스로 문을 열 때까지 기다릴 것을 요구한다. 약속된

시간이 되기 전까지 아무리 발버둥을 쳐도 왕궁의 문은 열리지 않는다. 가시넝쿨은 더 완강해지고, 다가오는 사람은 자신의 성급함을 알아채기도 전에 죽음을 맞고 만다.

기다리는 일은 생각처럼 쉬운 일이 아니다. 특히 늘 문제를 빨리 해결하는 쪽으로 학습된 사람들에게는 더 어렵다. 가시덤불 안으로 뛰어 들어간 청년들처럼 목숨을 바쳐서라도 차라리 당장 해결하는 것이 낫다고 생각하기가 쉽다. 언제가 될지도 모르는 그때까지 마냥 기다리라고 하는 것은 자신을 무시하거나 거절한다고 여길 수도 있다. 하지만 사랑은 해결해야 할 문제가 아니라 받아들이고 기다리는 것이다. 상처받은 사랑은 자연의 시간이 흘러 상처가 아물 때까지 기다림을 필요로 한다. 그때를 정하는 것은 자연이지 사람이 아니다.

백 년이라는 시간은 실제의 시간이 아니라 상징적인 시간, 마음에서 느끼는 시간이다. 하루가 백 년이 될 수도 있고 일 분이 백 년이 될 수도 있다. 시간은 정말 상대적이어서 그 시간을 느끼는 사람에 따라 늘어났다 줄어들었다 한다. 백 년이라는 시간은 거의 영원처럼 느껴지는 아득한 시간을 의미한다. 그 시간이 실제로 일 분이라 할지라도 기다리기에는

오랜 시간을 참고 기다린 그는
사랑이 욕망이 아님을, 상대를
존중하고 서로의 아름다움을 느끼는
일임을 비로소 이해할 것이다.
John_Duncan, Tristan and Isolde, 1912

너무 긴 시간을 말한다. 잠이 언제 끝날지를 결정하는 주인은 기다리는 쪽이 아니기 때문이다. 이 시간의 길이를 결정하는 것은 내가 아니라 시간의 주인인 자연의 섭리다.
오랜 시간을 참고 기다린 왕자는 사랑이 욕망의 실현이 아님을, 상대를 존중하고 서로의 아름다움을 느끼는 일임을, 상대와 리듬과 호흡을 맞춰가는 일임을 비로소 이해할 것이다.
기다림은 자연의 시간을 이해하는 방식이다. 이 비밀을 알아챘던 현자들은 늘 그 자리에 가만히 있어보라고 말한다. 보리수나무 밑에서 어렴풋한 미소를 머금고 앉아있던 붓다도, 피를 흘리며 십자가에 매달렸던 예수도 모두 기다림의 비밀을 전한다.
영혼을 휘감고 있는 가시덤불이 스스로 문을 열 때는 언제일까? 그 뾰족하고 날카로운 가시넝쿨 안에 향기로운 장미꽃이 피어있다는 것을 잊지 말자. 장미는 당신이 자신을 잊지 않기를, 그리고 긴 잠에서 스스로 눈을 뜰 때까지 기다려주기를 바라며 해마다 꽃을 피워 올렸을 것이다.
당신의 공주는 이제 깨어났을까? 당신의 영혼은 어떠하신가?

Epilogue

그녀가 오랫동안 닫혀 있던 비밀의 방문을 열지 않았다면 어땠을까, 탑 꼭대기에서 아무도 모르게 물레를 돌리고 있던 할머니를 만나지 않았다면 어땠을까. 탑 꼭대기를 향해 구불거리며 빙글빙글 돌아가는 계단은 오래전 이브에게 지혜의 나무의 열매를 먹어보라고 권하던 뱀처럼 매혹적이었을 것이다. 그 계단 끝에 무엇이 기다리고 있는지, 낡고 녹슨 열쇠가 꽂혀 있는 문 뒤에는 무엇이 있는지 어찌 궁금하지 않을 수 있을까.

감춰진 방 안에서 물레를 돌리고 있던 할머니는 가시 공주를 잠재우고 난 뒤 그녀에게 아주 긴 이야기를 들려주었을 것이다. 세상에서 물레가 어떻게 사라졌는지, 어째서 사람들이 손끝을 움직여 실을 만들어내는 법을 잊게 되었는지, 숲에서 쐐기풀을 찾는 법을 어쩌다가 배우지도 못하게 되었는지를 말해주었을 것이다. 그녀는 꿈속에서 쐐기풀을 다루는 법뿐만 아니라 달빛의 숨결이라든지 바람의 목소리를 듣는 법을 배우고, 두꺼비나 백조로 변해 자신이 누구인지조차 잊어버린 이들을 다시 사람으로 되돌리는 법도 배웠으리라.

그녀가 백 년 동안이나 꿈을 꾸는 사이 오랜 날갯짓에 피로해진 이들도, 시끄럽게 소리치는 세상의 명령에 지쳐버린 이들도 달콤한 잠 속에서 아마 비슷한 꿈을 꾸지 않았을까. 사는 게 바쁘고 해야 할 일이 늘 쌓여 있어 숨 돌릴 틈조차 없던 이들이 바다 신기루가 되어버린 줄 알았던 고대 여신의 목소리를 다시 듣게 되고, 삶이 숨기고 있던 비밀에 가까이 가게 되었으리라.

백 년이라는 약속된 시간에 딱 맞게 가시 장미 넝쿨로 뒤덮인 성에 도착한 이는 누구였을까. 잠든 이들에게 꿈을 보여주고 땅에는 생명을 내려주는 물레의 여신이 보낸 이였을까.

우주는 우리 마음에 상응하는 것만을 보여준다는데, 어느 날 긴 잠에서 깨어난 이들이 이제야 비로소 다가오는 이를 알아보게 되었을 것이다. 너무 오랫동안 잠자느라 누가 곁으로 다가오고 있는지도 알 수 없었던 이들이 그동안 자신도 모르게 자라난 날카롭고 거친 가시로 사람들에게 상처를 입혀왔던 게 아닐까. 그렇게 약속된 시간이 흘러 길고 길었던 잠의 시간이 끝나고, 어디선가 당신을 찾아 먼 길을 달려온 누군가를 만나게 되면 오랫동안 잊고 있었던 마법과 지혜가 다시 기억나게 되리라. 열세 번째 마법사가 쫓겨나고 세상의 모든 물레가 사라진 동안 까닭 모를 슬픔과 불안에 어찌할 바를 모르던 이들도 다시 평안을 찾을 것이다. 그 영혼은 밝은 빛을 되찾게 되리라. 그때가 되면 남의 뒤치다꺼리만 하느라 재를 뒤집어쓴 채로 살았을 이들도, 보물을 찾아 헤매다 악마에게 붙들렸던 이들도, 세상이 무서워 아무것도 하지 못하고 차가운 골방에서 절망하여 울었을 이들도 모두 저주에서 풀려나 나무 향을 맡고 바람소리를 들으며 저녁의 슬픔이 영혼의 그리움에서 비롯되었다는 것을 알게 되리라.
당신의 쐐기풀 옷짜기는 끝나셨는지. 한쪽 날개를 남긴 채 사람이 되어 돌아온 이는 찾으셨는지. 어디선가 날아와 당신의 발밑에 떨어진 깃털은 어디를 가리키고 있는지. 창밖의 바람은 지금 어떤 목소리를 내고 있는지.

당신의

저녁이 아늑하고

따뜻하기를!

주

1 그림 형제, 김경연 옮김, 《그림 형제 민담집》, 현암사, 2012, 379-382쪽 참조.

2 이언 맥길크리스트, 김병화 옮김, 《주인과 심부름꾼》, 뮤진트리, 2011, 34쪽.

3 '아니마'는 융이 남성 내면에 무의식적으로 자리잡고 있는 여성적인 마음에 붙인 개념이다. '아니마'라는 말은 영혼을 뜻하는 'amime'의 여성 명사다. 반대말은 남성 명사인 '아니무스animus'인데, 여성 내면에 무의식적으로 잠재되어 있는 남성적인 마음을 뜻한다. 우리말로 바꾸면 '여성혼' '남성혼'이다.

4 Marie-Louise von Franz, 《The Interpretation of fairy tales》, Shambhala, 1996, p.88.

5 신동흔 지음, 〈혼쥐이야기〉, 《세계민담전집, 1 한국》, 황금가지, 2003, 128-130쪽 참조.

6 Marie-Louise von Franz, 앞의 책, pp. 87-88.

7 Starhawk & Hilary Valentine, 《The twelve wild swans》, HarperCollins, 2000, pp.1-4 참조.

8 칼 구스타브 융, 《아이온》, 부글북스, 2016, 31쪽

9 브루노 베텔하임, 김옥순 외 옮김, 《옛이야기의 매력 2》, 시공주니어, 1998, 269쪽

10 Starhawk, 앞의 책, p.3

11 Robert Graves,《The White Goddess》, Faber & Faber, 1999, p.138.

12 장 마르칼, 김정란 옮김,《아발론 연대기 4》, 북스피어, 2005, 53쪽

13 Starhawk, 앞의 책, p.193.

14 Starhawk, 앞의 책, p.194

15 막스 피카르트, 최승자 옮김,《침묵의 세계》, 까치, 1996, 67쪽

16 막스 피카르트, 앞의 책, 70쪽

17 카를 케레니, 장영란 외 옮김,《그리스 신화》, 궁리, 2002, 76쪽.

18 Marie Louise von Franz,《The Feminine in fairy tales》, Shambhala, p.136.

19 그림 형제, 앞의 책, 317-322쪽 참조.

20 Jack Zipes,《Fairy tales as myth》, University press of Kenturcky, 1994. p.57.
* 잭 자이프스는 이 이야기의 주인공인 방앗간집 딸이 물레를 돌릴 줄도 몰랐을 거라고 말한다. 그녀는 그저 방적기 주인인 남성에게 의존할 수밖에 없는 존재로 격하되었고, 물레로 상징되는 운명의 주인이 될 수 없게 되었다.

21 캐밀 파야, 이종인 옮김,《성의 페르소나》, 예경, 2003. 35쪽

22 그림 형제, 앞의 책, 320쪽.
* 원어로는 리펜비스트Rippenbiest, 하멜스바데Hammelswade, 슈뉘르바인Schnürbein이다. 각각을 직역하면 '갈비살', '양의 장단지', '다리 묶는 리본'이다.

23 그림 형제, 앞의 책, 320쪽.

24 드라우프니르Draupnir라 불리는 이 물건은 반지로 널리 알려지기는 했지만 원래 둥근 고리를 말한다. 그래서 어떤 곳에서는 반지로, 어떤 곳에서는 팔찌로 번역되기도 한다. 여기서는 반지로 쓴다.

25 나카자와 신이치, 김옥희 옮김,《사랑과 경제의 로고스》, 동아시아, 2004, 105-109쪽.

26 독일어로 '존재한다'는 '주어졌다'는 의미의 'Es gibt'이고, 영어로 '현존하다' 역시 '현재' 또는 '선물'을 뜻하는 'present'다.

27 그림 형제, 앞의 책, 285-289쪽 참고

28 나카자와 신이치, 앞의 책, 95쪽.

29 에스터 하딩, 김정란 옮김, 《사랑의 이해》, 문학동네, 1996, 123쪽.

30 Marie-Louise von Franz, 앞의 책, p.39

31 로마인은 '모이라'를 '파타Fata'로 번역했고 '파타'는 영어의 '페이트Fate'의 어원이 되었다. 우리가 '동화'라고 번역한 '페어리 테일fairy tale'은 '요정 이야기'다. 이때 요정을 뜻하는 'fairy'의 어원이 'fata'다. 그렇게 거슬러 올라가면 '동화'는 바로 모이라, 말하자면 운명에 대한 이야기라는 뜻이 된다.

32 오이겐 드레버만, 김태희 옮김, 《어른을 위한 그림 동화 심리 읽기》, 교양인, 2013, 225쪽

33 플라톤, 최명관 옮김, 《플라톤의 대화》, 종로서적, 1989, 236쪽.

34 Marie-Louise von Franz, 앞의 책, p.54.